KB122633

너의 안부

_____ 에게

오늘, 당신의 안부가 궁금합니다.

너의 안부

성현주 지음

몽스북
mons

목차

◆

✳

☀

{ 1 }

당연하지 않은 날들

‡ ⁑ §

주말 오후 10

엄마, 나만 믿어! 17

엄마 냄새가 나요 23

면담 35

둘이 셋이 되던 날 40

파란 하늘 44

정말 다행이다 46

앞구르기 50

서후와 하고 싶었던 것들 54

{ 2 }

기억은 추억이 된다

‡ ⁂ §

주말의 온도 58

순복이 할머니 63

두 손 모아, 간절히 69

마미 이모 72

일 더하기 일은 귀요미 76

할아버지의 범행 80

주차권 할머니 84

고등어 반찬 89

보호자 94

{ 3 }

슬픔 뒤에 웃음

‡ ⁂ §

0.5cc의 기적 100

잘 먹고 힘내요, 우리! 107

선나쑬 할아버지 113

한 여름에도 두 겨울에도 116

우리 집 셰프 118

호박 캐러멜 123

엄마는 개구멍 128

좀 많이 멋진 친구들 133

위로받지 않은 시간 138

함께 있을 수 있어서 145

{ 4 }

나는 그렇게 또 하루를

‡ ⁂ §

일타이피 152

춤추는 딱따구리 159

그 언니 착해 166

이서후♥ 176

비누 냄새 좋다 182

크리스마스 191

사람들 201

우리의 밤 207

{ 5 }

당신이 있어 참 고맙다

‡ ⁑ §

두 사람 212

그 말이 그렇게 슬프더라 214

왕할머니의 어떤 하루 219

마음이 큰 큰아빠 226

용감한 수호자 232

내 친구 양상국 242

하늘나라에 있어요 252

함께 먹는 밥 255

전우에게 259

나만의 무대 263

꽃동산 270

epilogue 278

추천사 281

1

◆
❀
☀

당연하지 않은 날들

주말 오후

♦ ❄ ☀

차가 주차장으로 진입하자 주차 요원이 체온 체크를 하기 위해 창문을 내리라는 손짓을 했다. 무거운 공기가 창문 밖으로 잠시 새어나간 틈을 타 남편에게 씩 하고 웃어 보였다. 주차를 마치고 우리는 약속이라도 한 듯이 그대로 한참을 앉아 있었다.

"여보, 갈까? 우리 서후에게 최고 예쁜 옷 사 줘야지~~"

49재에, 그러니까 서후가, 우리는 본 적도 볼 수도 없는 머나먼 강을 건너는 날에 입을 옷을 사기 위해 집 근처 대형 쇼핑몰에 갔다. 대답 없이 고개를 한 번 끄덕인 남편과 나는 서로의 손에 의지하여 쇼핑몰 2층으로 향했다. 이렇게 함께 쇼핑몰에 와본 게 얼마 만인지, 서로의 손을 잡고 걷는 것은 또 얼마 만인지 따위는 중요하지 않았다.

우리는 '괜찮음'으로 단단히 무장하고 '키즈'라 표기되어 있는 층에 들어섰다. 전염병이 무색하게 많은 사람들이 쇼핑몰을 가득 채우고 있었다. 장난감을 사달라고 조르는 아이, 그것을 제어하는 부모, 화면에 얼굴을 꽉꽉 채워 셀카를 찍는 가족, 아이의 몸에 새 옷을 이리저리 대어보는 엄마, 소위 '정상가족'의 형태를 갖춘 사람들이 여전히 평온한 주말 오후를 보내고 있었다. 나는 눈앞의 모든 것을 더 이상 외면하지 않고 온전히 바라보았다. 아무 일도 없다는 듯이 유유히 흘러가고 있는 세상을 있는 힘껏 내 두 눈 안에 담았다. 아무것도 아니라고, 언젠가의 나도 그랬듯 생이 여전히 계속되고 있는 사람들이 살아가는 모습일 뿐이라고, 내 시야에 있는 저 아이는 서후와 비슷한 시기에 태어났을 뿐 서후가 아니라고, 그러니 저 아이를 안아보고 싶은 마음 따위도, 무사하게 주말을 보내는 사람들에 대한 원망 따위도, 이대로 주저앉아 꺽꺽거리며 울어버리고 싶은 마음 따위도 제발 한데 꽁꽁 묶어 던져버리라고, 스스로에게 끊임없이 주문을 걸었다.

유독 원색으로 단장된 매장에서 걸음을 멈췄다. 매대 위 앙증맞은 파란색 팬티가 눈에 들어왔다. 그것을 양손으로 잡아 얼굴 앞으로 가져왔고 남편은 있는 힘껏 심상하게 바라봤다. 우리가 지나온 어떤 시절에 목욕을 마친 서후가 덜 마른 머리를 들썩이며 팬티 바람으로 집 안을 뛰어다니던 모습이 그려지며 급속도로 코가 시큰해지고 눈물이 쏟아질 것만 같았다. 이깟 헝겊 쪼가리 하나에도 모든 의미를 부여하는 내가 또 다른 하루를 어떻게 살아낼 수 있을까. 나는 구매의 단계를 모르는 사람처럼 애꿎은 팬티만 주물럭거렸다. 주인이 말간 얼굴로 다가오며 찾으시는 사이즈가 있느냐 묻는데, 지금의 서후는 어떤 사이즈를 입어야 하는지 아무리 머리를 굴려도 한 글자도 내뱉을 수가 없다.

"사이즈를 몰라서요….'
"아~ 선물하실 거예요?"
"아니요. 제 아이가 입을 건데….'

제 자식의 사이즈를 모르는 엄마를 향해 주인이 의아함을 감추고 상냥하게 키와 몸무게를 물어 왔다.

113cm, 27.8kg.

한 뼘은 커버린 너의 크기와 무게였다.

매주 월요일에는 서후의 키와 몸무게를 측정하여 기록해야 했다. 몸무게를 재기 위해서는 희소한 기구와 많은 인력, 적지 않은 시간이 필요했고 위험이 뒤따랐다. 서후의 몸이 이리저리 움직여져야 하기에 나는 인공호흡기의 연결이 해제되지 않도록 신경을 곤두세워야 했다.

나는 나만의 방식으로 서후의 대견하고 감사한 성장을 내 눈에 담았다. 새 이불을 깔아주기 위해, 폐 안에 눌어붙은 가래를 털어주기 위해, 목욕을 시키기 위해 무수하게 서후를 안아 올리는 시간에 내 나름의 저울로 서후의 성장을 가늠했다. 커져가는 서후의 몸에 비례하는 지독한 근육통은 자연스럽게 내 몸의 일부가 되었지만 그것은 아무것도 아니었다. 서후의 손톱과 머리카락이 자라고 있었으니까, 손과 발이 커지고 있었으니까, 살아 있었으니까.

98.5cm, 14.5kg. 제 다리를 스스로 지탱하여 재었던 키와

몸무게였다. 한 뼘은 길어진 몸을 보고 있으면 그 모습으로 뛰어노는 모습을 상상하는 것은 차치하고, 무사하던 시절의 서후를 상상하는 것조차도 아스라하기만 하다. 사진첩을 열어 그 시절의 서후를 마주하게 된다면 지금의 서후가 낯설어질까 봐, 아무런 표정이 없는 서후를 부정하게 될까 봐, 생기 넘치는 서후가 그리워질까 봐, 내가 또 눈물을 쏟을까 봐, 그래서 서후의 얼굴을 또 적실까 봐 나는 마치 판도라의 상자인 양 휴대폰의 사진첩을 철저하게 멀리했다. 그저 내 눈앞의 서후 얼굴을 품에 안아 "우리 서후는 오늘도 이렇게 예쁘네!" 하고 자주 말하곤 했다.

앙증맞은 팬티를 여전히 손에 쥐고 끝도 없는 상상에 빠져 허우적대다 보니 목울대가 뻐근해지고 시야가 뿌예졌다. 해녀가 긴 잠수를 끝내고 숨비소리를 터뜨리듯 참아왔던 눈물이 하염없이 쏟아졌다. 영문을 모른 채 어쩔 줄 몰라 하는 사람의 무엇도 내 눈물을 제어하지는 못했다.

내가 가져갈 이 깜찍한 팬티는 뜨거운 불에 활활 태워 아이가 있는 곳으로 훨훨 날려 보낼 거라고, 그것이 내 아이에게

14

닿을지 그렇지 않을지 알 수 없지만 우리가 사는 세상에는 때때로 불가사의한 일들이 벌어지곤 하니 최선을 다해 믿어보는 거라고, 마음으로 그녀에게 절절하게 말했다.

남편은 나를 진정시킨 뒤, 넉넉해 보이는 사이즈의 팬티와 러닝셔츠를 급히 집어 계산대로 가져갔다. 나는 정갈히 포장된 내의 두 벌을 받아 품에 꼭 안았다.

"너무 힘들면 우선 나가고 다음에 다시 올까?"
"아니야, 이제 옷 사러 가자! 제일 예쁜 걸로 살 거야."

화장실에 들러 젖은 얼굴을 추슬렀다. 붉게 충혈된 눈이 익숙했으나 지겹지는 않았다. 소매로 눈물을 닦아내고 깊은 숨을 쉬어 폐 안에 공기를 가득 채웠다. 최대한 길게 숨을 내뱉으니 한결 나아졌지만 아픈 마음은 그대로 두고 남편에게 향했다. 우리는 어떤 매장에도 선뜻 발걸음을 들이지 못하고 서성였다. 이렇게나 사랑스럽고 앙증맞은 옷들을 입어보지 못한 서후가 더욱 가엾게 느껴졌다. 발길이 멈춘 매장에서 감촉이 좋은 연두색 줄무늬 티셔츠와 베이지색 면바지를 집어 들어 계산대로 가져갔다. 어딘가 굼떠 보이는 우리의 모습이 사이즈를 고민하는 듯 보였는지 점원이 능글맞은 친절을 보였다.

"가져가서 입혀보고 안 맞으면 가져와요~. 바꿔드릴게~!!"

우리는 종이 가방을 하나씩 나누어 들고, 셋이 아닌 둘이 걸었다.

여전히 모두가 누군가는 잃어버린 귀한 주말 오후를 당연하게 즐기고 있었다.

엄마, 나만 믿어!

◆ ❀ ☀

　매주 일요일이면 초콜릿이 잔뜩 박힌 과자와 보기만 해도 단맛이 느껴지는 음료를 사서 경기도 안성의 산 아래 작은 절에 간다. 언제나 한결같은 얼굴로 우리를 맞아 주시는 스님과 간소한 인사를 나눈 후, 몇 걸음을 더 걸어 목적지로 향한다. 고심해서 산 과자와 음료를 열어 나란히 놓아준 후에 푹신한 방석을 하나 가져다가 깔고 천천히 두 번 절한다. 작은 유리함 앞면에는 나비가 서너 마리 그려져 있고 한글 이름 세 글자가 새겨져 있는데, 이름 앞에는 이미 세상을 떠났다는 뜻의 한자가 새겨져 있다. 그 옆을 채운 액자에는 파란색 도트무늬 보타이를 두른 아이가 찬란하게 웃고 있다. 나는 너라고 부를 수 있는 유리함과 액자를 쓰다듬으며 매주 비슷한 말을 내뱉는다.

"엄마 왔어, 서후야."

사진 속 세상 안에 서후는 여전히 살아 있다.
오래전의 내 기억도 여전히 살아 있다.

어린이집 첫 발표회 날이었다.

서후와 같은 높이로 쪼그리고 앉은 나는 급히 다린 원복 셔츠 단추를 하나하나 채운다. 다림질의 온기가 몸에 전해졌는지 작은 입을 야무지게 움직여 가며 "엄마, 따뜻하다." 하고 서후가 이야기한다. 셔츠의 깃 사이로 파란색 도트 무늬 보타이를 한 바퀴 돌려 버클을 채우고는 어제 급작스레 구입한 니트 조끼를 집어 드니 기다렸다는 듯이 양손을 번쩍 들어 올린다. 너무 작아 옹졸해 보이는 서후의 배가 나를 향해 툭 하고 나오는 순간은 아찔하게 사랑스럽다. 조끼 안에 머리통이 갇히자 안간힘을 쓰면서도 배꼽을 잡고 웃어댄다. 매일같이 반복되는 일상인데도 서후는 어제 아침에도 웃어댔고 내일 아침에도 당연하게 배꼽을 잡을 것임을 나는 안다. 그럴 때마다 처음 겪는 일인 것처럼 "어? 서후가 어디 갔지?" 하고 말해 주면 그야말로 금상첨화다.

오늘 본인이 무엇을 하게 되는지, 왜 이런 요상한 리본을 목에 달아야 하는지조차 알지 못하지만, 확실한 건 서후도 나도 신이 났다는 것이다. 전쟁 같은 준비를 마치고 자기 몸뚱어리만 한 가방을 둘러멘 서후와 나는 엘리베이터 앞에 나란히 섰다. 내가 먼저 버튼을 누른다면 눈물과 발버둥을 동반한 참사가 펼쳐질 것이다. 그렇기에 나는 연극과 출신 엄마의 기량을 발휘하여 세상 애절한 눈빛을 장전한다.

"서후야~ 이것 좀 눌러줘. 엄마는 잘 못해~. 서후가 잘하더라?"

"그래? 그엄 내가 해주께."

"우아~ 대단한데?"

35개월을 살아낸 작은 인간은 성취감에 취해 호주머니에 작은 손을 찔러 넣고 오른쪽 다리를 앞으로 살짝 빼낸다. 저 작은 발로 지구를 걸어 다닌다는 게 새삼 경이롭게 느껴진다.

"서후!! 오늘 잘해~~. 우리 다 같이 응원하러 갈게! 파이팅!!"

"그래? 좋았어! 나만 믿어!"

도대체 뭘 믿으라는 건지 모르겠지만 최선을 다해 힘을
실어준다. 서후를 등원시킨 뒤 나는 최대한 학부형스러우면
서 적당히 시선을 끌 만한 옷을 골라 입고 가장 잘 어울리는
가방보다는 가장 값비싼 가방을 찾아 든다. 왜 아들 발표회에
가서 내가 시선을 끌려는 건지는 나도 잘 모르겠다. 직업병이
라 치자.

서후 아빠와 나의 엄마, 아빠가 동행했다. 엄마는 지구상
의 모든 꽃을 모조리 뽑아다 얹어놓은 듯한 '꼬오오오오오오
옷꽃꽃꽃무늬' 외투를, 아빠는 당 대표 취임식에나 마땅한 광
택이 좔좔 흐르는 양복을 입고 나타나셨다. 강당에 도착하니
많은 학부모들이 이날만을 기다렸다 싶게 풍선으로 휘감은
무대를 찍어대고 있었다. 공연이 시작되고 아이들이 공연에
열을 올리던 중 강당 유리창 밖으로 서후네 반 아이들이 시야
에 들어오니 그것만으로도 심장이 나대기 시작한다. 마침 서
후가 유리창을 양 손바닥으로 짚고는 얼굴을 밀착시켜 강당
안을 들여다보는데 순간 나는 세상 억척스러운 엄마가 되어

양손을 흔들어댄다. 나를 발견한 서후가 공룡이라도 발견한 표정으로 눈을 동그랗게 뜨고 강당 안을 바라보다가 선생님의 손에 의해 사라진다.

드디어 서후네 반 아이들이 허리에 손을 얹고 무대로 등장하는데 난리도 이런 난리가 없다. '선생님~ 쉬 마려요.' '엇, 우리 엄만데?' '뭐냐, 왜 전부 나를 쳐다보냐.' 등 저마다의 상태에 처한 아이들이 엉겨 붙어 선생님은 진땀을 빼고 객석은 웃음바다가 된다. 그 모습을 지켜보던 나는 시의적절하게 만감을 교차시키며 어젯밤부터 준비한 눈물을 떨군다. 또르르.

노래 반주가 시작되고 선생님의 지휘에 따라 아이들은 자기들 할 일을 하느라 바쁘다. 도리어 '선생님, 거기서 뭐 하세요?' 하는 표정을 지으며 콧구멍 속으로 고사리 같은 손가락을 골인시키는가 하면, 앞다퉈 각자의 엄마에게 달려가기도 하고, 난생처음 겪는 주목에 놀라 울음을 터뜨리기도 한다. 그 와중에도 눈을 부릅뜨고 악을 쓰며 노래를 불러대고 있는 서후를 보며 나는 그저 감격에 겨워 광란의 4분의 4박자 박수로 손을 달군다.

"배꼽 손 척척. 사랑할 줄 아는 어린이가 되겠습니다. 감사합니다."

아이들의 공연이 하나하나 끝날 때마다 내가 있는 곳이 예술의전당인가 싶게 기립 박수가 터지고 카메라 셔터가 터진다. 그 모습이 얼마나 우스운지 엄마가 되길 참으로 잘했다는 생각이 든다. 나는 강당 밖으로 달려 나가 서후를 와락 껴안고는 모자 상봉을 한다.

"우리 서후 정말 멋지던데? 어떻게 그렇게 잘해?"
"엄마! 그거 뭐야? 그거 나 꺼야?"

며칠 전부터 야심 차게 준비한 꽃과 막대사탕, 초콜릿으로 구성된 앙증맞은 꽃다발을 작은 가슴에 안겨줬다. 서후는 여느 때와 같이 나비 다리를 하고 꽃다발을 작은 두 손으로 꽉 쥐었다. 나는 활짝 웃는 서후의 모습을 카메라에 담았다.

배꼽을 잡고 웃던 서후와의 순간들은 결코 당연하지 않았다.

엄마 냄새가 나요

◆ ❋ ☀

장도연과 나는 공채 개그우먼 동기이자, 데뷔 전에 M.net 〈토킹 18금〉이라는 프로그램에 함께 출연하며 처음 만났다. 우리는 함께 공채 개그맨 시험에 응시했고, 합격자 명단에 나란히 이름을 올리는 쾌거를 이루었다. 두 살 터울의 우리는 자연스레 십여 년의 세월을 함께 지나며 숱하게 울고 웃고 마시고 떠들었다. 어느 날 눈떠 보니 여길 틀어도 장도연, 저길 틀어도 장도연, 잘못 틀어도 장도연인 시대가 비로소 오고야 말았고, 그것이 그녀의 징글맞고도 꾸준한 '노오오력'의 결과라는 것의 산증인인 나는 진심으로 도연이가 자랑스… 부러웠다.

2018년 봄날, 도연이의 생일을 겸하여 우리는 2박 3일간의 외국 여행을 계획했다. 아침밥을 잔뜩 먹고 4년 전에 내가 낳은 작은 인간 이서후와 함께 대형 마트에 갔다. 내가 며칠간 집을 비우게 될 때에는 항상 장난감을 몰래 하나 사서 집 안에 숨겨 두고 그날 저녁에 서후가 직접 그것을 찾도록 해주곤 했다. "자, 지금부터 보물찾기 시작~!" 하고 말해 주면 수화기 너머로 "엄마 체고!"라는 네 글자와 함께 작은 발이 다다다다 하고 바삐 움직이는 소리가 들려왔었다.

그날도 마트에 도착하여 보물찾기를 위해 평소 너무나도 갖고 싶어 하던 〈공룡메카드〉 캡슐클립을 몰래 집어 들었다. 그러고는 서후가 타고 있는 자동차 모양 쇼핑 카트의 후미진 곳에 슬쩍 숨겨 두었는데 별안간에 고개를 쳐든 눈치 빠른 꼬마가 제 눈에 익숙한 무언가를 발견하고야 말았다.

"엄마! 나 몰르구 캡슐클립 봤어…. 어떠카지? 크닐 났다…."

세상의 모든 걱정을 짊어진 듯한 표정으로 자동차 카트의 운전대를 꼭 붙잡고 있는 서후에게 나는 청천벽력 같은 말들을 내뱉었다.

"어? 이게 왜 여기에 있지? 얘가 발이 있나? 에이… 다시 데려다줘야겠다."

"그냥 우리가 데려가면 되지~ 있잖아… 엄마… 나 그거 가지고 싶어…."

나는 캡슐클립을 서후가 보는 앞에서 제자리에 가져다 두고는 몰래 또다시 집어 들어 카트의 식료품 안으로 단단히 숨겼다. 지금 서후가 느끼는 실망감은 오늘 저녁에 몇 배의 즐거움이 되어 돌아오리라는 확신을 가지고 말이다.

마트에 다녀와서 점심으로 닭죽을 먹이고 짧은 인사를 나눈 후에 집을 나왔다가 두고 온 물건이 있어 슬그머니 집으로 들어가 방으로 몸을 옮겼는데 서후의 쩌렁쩌렁한 목소리가 들려왔다.

"함머니, 엄마 냄새가 나요!! 엄마가 아직 안 나갔나 봐요!"

남편으로부터 물려받은 예민한 후각을 가진 서후는 내가 사용하는 유일한 향수의 향을 '엄마 냄새'라고 불렀다. 집 밖으로 나갔다고 생각했던 엄마 냄새가 다시 작은 코를 스치자 있는 힘껏 소리를 질러댔다. 그 소리를 들은 나는 방에서 거실로 한달음에 튀어나가 두 다리를 한껏 벌리고 무릎을 굽히며 두 손을 치켜들었다.

"짠~~~!! 나 여기 있지!!!"

내가 우스꽝스러운 모습을 하면 언제나 배꼽을 부여잡고 웃어주는 유일한 작은 인간은 그날도 어김없이 두 손을 배에 얹고 자지러지게 웃어댔다. "엄마 이제 진짜 간다!" 하고 말하니 말없이 작고 통통한 손을 들어 신나게 흔들어댔다. 그 찬란하고 생기 넘치는 모습을 뒤로하고 나는 서둘러 집을 나왔다.

도연이와 나는 비행 내내 그동안 못 한 이야기들을 전투적으로 소곤댔다. 쏟아져 나오는 웃음소리를 두 손으로 막아가며 서로의 말이 끝나기가 무섭게 앞다퉈 입을 열었다. 몇 시간 후면 당연하게 시작될 우리의 여행에서 무엇을 먹을지, 어디에 갈지, 얼마나 최선을 다해 여행을 즐길 것인지에 대한 이야기로 비행시간을 꽉꽉 채웠다. 걱정, 근심, 불행 따위는 나랑은 상관없는 일이었다. 서후를 돌봐주는 든든한 엄마가, 친구와의 여행에 동의해 준 남편이, 나의 부재를 허락해 준 서후가, 함께 여행할 수 있는 친구가 있다는 것에, 그저 모든 게 좋아 자꾸만 웃었고 이유 없이 또 웃었다.

착륙을 알리는 안내 음성이 흘러나오자 우리는 설레는 마음을 잔뜩 안고 하던 이야기를 급히 마무리했다. 무심하게 가방에서 휴대폰을 꺼내 비행기 모드를 해제하자 골키퍼 메시지가 밀물처럼 밀려 들어왔다. 그리고 한 개의 음성 메시지.

《여보, 서후 지금 구급차 타고 응급실 가고 있어. 도착하는 대로 다시 돌아와.》

안전벨트 사인이 꺼지고 하나둘 기내를 빠져나가는 사람들 사이로 몸을 구겨 넣었다. 왼쪽 팔목에 걸친 보조 가방이 자꾸 흘러내려 손목에서 버둥거리는데 끌어 올릴 힘이 나질 않아 그냥 그대로 두었다. 도연이의 뒤에 붙어 기내를 빠져나가며 남편에게 전화를 걸었지만 받지 않았다. 아빠에게 전화를 걸었다. 금세 아빠의 목소리가 들려왔다.

"응. 아빠야. 도착했어? 그럼 얼른 돌아올 수 있는 비행기부터 알아봐."

"갑자기 응급실을 왜 가? 이게 다 무슨 말이야…?"

"상황 봐서 응급 수술을 해야 할 수도 있고, 큰일은 아니라는데 우선 잘 돌아와."

"응급 수술? 무슨 말이야? 서후는? 서후는 어쩌고 있어? 통화할 수 없어?"

"괜찮아. 괜찮다고 하니까 비행기부터 찾아서 와. 정신 차리고 조심히 잘 와."

도연이에게 통화 내용을 알리고 우리는 기내의 승무원에게 자초지종을 설명한 후, 이 비행기를 다시 타고 돌아갈 수 없겠냐고 떼를 썼다. 안 될 말이었다. 우리는 무용해진 여행 가방을 양손에 들고 입국을 거쳐 다시 항공사의 카운터를 휩쓸었다.

"한국 가요. 제일 빠른 티켓 있나요?"

"한국 가야 하는데, 한국 어떻게 가죠?"

"한국 좀 가게 해주세요."

28

도연이가 벗겨진 운동화를 미처 추스르지도 못하고 혼을 쏙 뺀 얼굴로 티켓을 찾아 이곳저곳을 배회하는 동안 남편에게 다시 전화를 걸었다. 이내 들어본 적 없는 남편의 울음 섞인 신음이 주변의 소음과 함께 들려왔다. 다리에 힘이 풀려 그대로 주저앉았다.

"여보! 왜 그래!!! 말을 해봐!! 서후는? 서후 어디 있어?"

내 말이 끝나기도 전에 전화 연결이 끊어졌다. 나는 영문을 모른 채 바닥에 주저앉아 괴로운 소리를 냈다. 조금 전까지만 해도 괜찮다던 내 아이가 이젠 더 이상 괜찮지 않은 것을 알 수 있었다. 내가 볼 수도 갈 수도 없는 곳으로부터 거대한 무언가가 밀려오고 있었다. 불과 몇십 분 전까지 설렘과 기쁨으로 가득했던 마음에 두려움과 불행한 기운이 가득 찼다. 내 몸과 함께 주저앉은 캐리어에 서후가 붙여 놓은 자동차 스티커가 눈에 들어왔다. 손을 뻗어 낡은 스티커를 더듬거렸다. 다리가 움직여지는 대로 무릎을 꿇고 입이 움직이는 대로 지껄였다.

"잘못했습니다. 살려주세요. 잘못했습니다. 제발 살려주세요. 살려주세요. 잘못했습니다."

한 시간 후에 한국으로 출발하는 항공권을 손에 쥐고 닥치는 대로 식구들에게 전화를 했다. 모두가 그저 괜찮으니 조심히 돌아오라는 말만 되풀이할수록 모두가 무언가를 숨기고 있다는 느낌을 지울 수 없었다. 그 대상이 나 한 사람, 서후의 엄마라는 것 또한 자명했다. 안절부절못하는 나에게 도연이는 쉽게 어떤 말도 건네지 못했다. 나 때문에 여행이 어그러져 미안해 너라도 시간을 보내다 오면 어떨까 하는 마음을 전했지만, 목적지까지 향하는 시간을 혼자 견딜 자신이 없던 나는 내심 그 여정에 그녀가 함께 있어주길 바랐다. 그 마음을 알아챘는지 도연이가 묵묵히 내 곁을 지켜주었다. 한국으로 돌아가는 비행기 안에서 수천 수만 가지 상상을 하며 괴로워했다. 그 와중에 자리를 비운 나를 다수가 원망하지 않을까 하는 자괴감까지 들며 아직 맞닥뜨리지 않은 모든 것이 무서웠다.

서후가 있는 병원 정문을 통과해 차를 정차하자마자 내 몸만 꺼내 뛰었다. 도연이가 그 뒤를 따랐다. 병원에 먼저 도착해 있는 남편의 가까운 지인이 나를 안내했다. 그를 따라 계단을 오르고 유리문을 통과해 어딘가에 도착하자 익숙한 얼굴들이 시야에 들어왔다. 나의 엄마는 바닥에 너부러져 젖은 눈과 얼굴로 망연자실, 넋이 나가 있었고, 나의 남편은 신음하며 벽을 바라보고 있었으며, 그 외에 우리 부부의 지인들이 내 시선을 외면하며 참담한 공간을 듬성듬성 채우고 있었다. 바로 앞에 위치한 집중치료실이라는 곳의 유리문에는 새빨간 글씨로 '출입 통제'라는 네 글자가 적혀 있었고 벌어진 문틈으로 그 안을 들여다보니 흰 가운을 입은 의사들이 침대 하나를 가득 둘러싸고 있었다. 남편이 문틈을 응시하는 내 몸을 돌려 세우더니 나를 빤히 바라보았다. 만신창이가 된 남편의 눈도 얼굴도 몹시 낯설고 겁이 났다.

"여보, 정신 똑바로 차리고 들어."

"응…."

"서후가 많이 안 좋아. 아주 많이."

"응… 수술… 그런 거 해야 돼…?"

"그런 것보다 더 많이 안 좋아…."

"그게 뭔데…?"

31

잠시 후, 문틈으로 봤던 의사들이 썰물처럼 빠져나왔다. 간호사 한 명이 이서후 환자의 보호자분이 맞냐고 확인을 하더니 우리를 데리고 들어갔다. 의사들이 빠져나간 자리에는 여느 환자들이 누워 있는 침대와 분명 같은 크기의 침대가 보였는데 그 위에 누워 있는 사람이 너무 작아서 유독 침대가 더 커 보였다. 조금 더 가까이에서 바라본 작은 사람의 몸엔 실오라기 하나 걸쳐 있지 않았고, 목 주변으로는 미처 닦이지 못한 새빨간 혈액이 묻어 있었으며 당최 목적을 알 수 없는 바늘과 관들이 작은 몸 이곳저곳을 관통하고 있었다. 침대 주변으로는 온갖 그래프와 숫자가 가득한 의료 장비들이 가득했다.

작은 사람의 바로 앞까지 어렵게 어렵게 걸어갔다. 내 아이였다. 불과 몇 시간 전까지 나와 눈을 맞추었던 내 아이였다. 그 아이가 몸의 모든 기운을 상실하고 고요하게 누워 있었다. 그 몸을 어디라도 건드리면 그대로 와장창 깨져버릴 것 같아 감히 손가락 하나 만져보지 못했다. 배와 가슴이 규칙적으로 부풀었다 꺼졌다를 반복했다. 얇게 뜨인 실눈 사이로 보이는 눈동자는 마치 관절 인형의 눈처럼 무언가를 볼 의지가 없는 듯 보였다. 몇 시간 전에 나를 향해 흔들어댔던 작은 손은 여전히 작고 예뻤지만 더 이상 움직이지 않았다. 모든 게 아주 많이 낯설었다.

"서후야, 엄마 왔어. 응? 서후야, 이제 일어나자. 우리 아기 엄마 기다렸지… 엄마가 미안해. 엄마가 어디 갔다 이제야 온 거야… 엄마 나쁘다… 그치… 엄마 왔어. 응? 서후야…"

우리를 멍하니 바라만 보는 의사에게 말했다.

"언제까지 재우는 거예요? 이제 좀 깨워주시면 안 돼요?"

"재우고 있는 게 아니…에요… 어머니."

"근데 왜 안 일어나요? 그냥 깨워주세요… 약 쓰시는 거 아니에요?"

"못… 깨어나요…"

"……네? 왜요…?"

"지금 아이 상태로는 며칠을 버티지 못할 거예요."

"그게 무슨 말이에요…?"

"며칠 안에 사망…하게 될 수도 있어요."

정신이 혼미해져 그대로 주저앉았다. 여행을 준비하며 새로 구입한 운동화 위로 순식간에 육중한 눈물이 흥건하게 떨어졌다. 때가 묻지 않은 운동화가 부끄러워 두 발을 부비적거렸다. 아무것도 할 수 없는 무력한 몸뚱어리를 일으켜 서후에게 다가갔다.

"서후야? 우리 보물찾기 해야지… 엄마가 캡슐클립 숨겨놨는데… 서후 그거 몰랐지… 우리 보물찾기 하러 집에 가자… 서후야? 제발… 제발… 엄마가 잘못했어…."

너무도 긴 꿈이었다. 여전히 계속되고 있는 걸 보니 꿈이 아니었을지도.

면담

♦ ❀ ☀

담당 교수님과의 면담을 앞두고 온 가족이 초조함에 보호
자 대기실을 서성였다. 두 개의 유리문을 통과하여 동그란 테
이블이 있는 상담실에 소아신경과 교수님이 앉아 있었다. 그
녀의 입술이 어서 움직이길 바랐지만 움직이지 않길 바랐다.
'뭐 좋지 않은 상황은 맞는데 좋아질 거라고 봅니다. 얼마가
걸릴지 모르지만 한번 해보죠.' 정도의 두 문장을 그녀가 내뱉
어준다면 수십 번, 아니 수천 번 머리를 조아려 인사하고 서후
에게 달려가 '서후 할 수 있어. 조금만 더 자고 우리 꼭 만나자.'
하고 말할 텐데…. 상담실을 가득 채운 우리 가족을 향해 의사
는 조심스럽게 입을 열었다.

"108분을 심폐 소생을 했기 때문에 현재는 자가 호흡도 되

지 않고 있고요. 의학적으로는 뇌사라고 보는 게 맞습니다. 다른 장기들도 서서히 기능을 못하게 될 겁니다. 치료를 이어가는 것이 아이에게 더 고통을 줄 수도 있어요."

더 이상 들을 수 없어 그곳을 뛰쳐나왔다. 익숙하지 않은 병원 복도를 달려 인적이 없고 캄캄한 곳을 찾아 숨어들었다. 자식이 죽음을 앞두고 있다는 말을 듣고도 낯선 이들에게 나의 불행을 까발리고 싶지 않은 나는 최대한 후미진 곳에 몸을 욱여넣고 몸에 수분이 남아 있지 않을 만큼 울어냈다. 뒤늦게 따라 나온 남편이 나를 찾아왔다. 무릎을 세운 채 바닥에 앉은 나는 울며 말했다.

"여보, 여보가 서후 살려줘. 서후 살려줄 수 있지. 할 수 있다고 말해 줘. 그냥 그렇게 말해 줘. 우리 서후 보내주지 말자. 아무 데도 가지 말라고 그러자. 여보."
"그렇게 하자. 서후가 가긴 어딜 가. 내가 서후 살릴게. 우리 그렇게 하자."

나와 남편은 병원에서 지내기에 필요한 옷과 물건들을 챙기기 위해 집으로 향했다. 차 뒷자리에 실려 있는 여행 가방을 보는 순간 이 모든 일이 불과 하루 만에 일어났다는 것이 도저히 믿기지 않았다. 집 앞에 도착해 서후의 생일로 이루어진 현관 비밀번호를 숫자 하나하나 꾸욱꾸욱 누르며 입을 악물었다. 문이 열리자 신발장에 서후의 작은 신발들이 나뒹굴고 있었고, 집 안에 들어서자 서후의 검은색 전동차가 꿋꿋하게 자리를 지키고 있었다. 식탁 한편에 서후의 의자가, 식기 건조대 위에 서후의 식판과 수저가, 거실엔 서후의 놀이 매트가 주인의 안위 따위에는 관심이 없는 듯 건조하게 자리를 지키고 있었다. 서후의 옷장에서 가장 즐겨 입던 빨간색 패딩 점퍼를 꺼내 품에 끌어안았다. 서후의 살 냄새가 콧속을 파고들었다. 남편과 함께 그 무엇에도 방해받지 않고 울었다. 비슷한 울음을 울어내고 있는 남편이 뼛속까지 불쌍해 그의 등을 쓸어내려 주었고, 비슷한 울음을 울어내는 사람이 있다는 것에 어찌나 위로가 되는지 서로의 손을 맞잡았다. 남편이 눈물과 콧물로 범벅이 된 얼굴을 들어 입을 열었다.

"여보, 많이 힘들 거야. 서후도 우리도. 지금보다 더 많이."
"응. 그래도 서후랑 헤어지지 말자. 그렇게 하지 말자."

"그래. 우리 서후랑 평생 같이 살자."

"응. 우리 집에 꼭 다시 데리고 오자"

서후의 방 안을 가득 채운 자동차와 로봇을 남편과 함께 하나하나 빠짐없이 어루만졌다. 서후의 손에 쉴 틈 없이 놀아나던 로봇 자동차들이 주인의 부재에 의해 한순간에 무용하게 느껴져 그들에게 온기를 넣어줬다. 기다려 달라고 말했다. 그러고는 몸을 일으켜 서후의 어린이집 가방을 집어 들어 지퍼를 열었다. 내가 숨겨 놓은 보물찾기의 주인공이 태연하게 자리를 지키고 있었다. 캡슐클립을 꺼내 주머니 깊숙이 넣고 간단한 물건들을 챙겨 서둘러 병원으로 돌아갔다. 병원 주차장으로 진입하면서 불현듯 '내가 왜 이곳에 있지?' 하는 생각이 스치자 다잡은 마음이 순식간에 무너져 내렸다. 하루에도 수십 번 곤두박질치는 마음의 평정심을 찾기 위해 커다란 침대에 미동 없이 누워 있는 서후의 모습을 떠올렸다.

면회 시간이 되어 남편과 함께 서후에게 갔다. 여전히 낯선 모습이지만 허용되는 한에서 최대한 가까이 다가가 오른손에 캡슐클립을 쥐어줬다.

"서후야, 서후가 제일로 갖고 싶어 했던 캡슐클립이야. 서후, 엄마 말 다 듣고 있지? 엄마랑 아빠가 서후 지키지 못해서 너무 많이 미안해. 서후를 이렇게나 많이 아프고 힘들게 해서 미안해. 서후 무서운데 엄마가 옆에 없어서 미안해. 그래도 서후야, 엄마 미워도 우리 헤어지지 말자. 엄마랑 아빠가 서후를 계속계속 지킬게. 또 계속계속 기다릴게. 서후 신나는 꿈 많이 꾸고 엄마한테 와. '자알 잤다.' 하고 엄마한테 꼭 와. 우리 약속하는 거다. 우리 깐돌이, 엄마가 세상에서 제일 사랑해."

서후가 중학생이 되면 커다란 배낭을 메고 함께 먼 나라를 여행하게 될 거라 믿었었다. 그때는 내 키를 넘어선 서후가 나보다 훨씬 유창한 영어 실력을 뽐낼 수 있을 거라 믿었었다.

그런 나는
서후가 열 손가락 중 어느 하나라도 움직여주기를,
우리를 떠나지 않기를,

그거면 더 이상 바랄 게 없다고 생각했다.

둘이 셋이 되던 날

♦ ❋ ☀

MBC 예능 프로그램 중 〈아빠! 어디가?〉를 즐겨 보았다. 출연자 중 가수 윤민수 님의 아들인 윤후라는 아이는 동글동글한 얼굴에 마음이 여리고 정이 많으며 사랑스러웠다. 그 아이를 보며 엄마가 되고 싶다는 막연한 꿈을 가졌고 감사하게도 머지않아 내 몸 어딘가에 생명체가 자리를 잡았다. 태명은 조이. 임신 테스트기의 두 줄을 확인한 날엔 도무지 이 사실이 믿기지 않아 회사별 테스트기를 구비해 놓고 화장실에 갈 때마다 확인을 해댔고, 나중엔 테스트를 해야 한다는 강박에 물을 미친 듯이 마셔댔다.

너의 첫 심장 소리를 들었고, 너의 움직임을 느꼈다. 그렇게 조이는 완전한 인간으로 무럭무럭 커갔다. 드라마에서나

보았던 역대급 입덧이 시작되었다. 침대와 하나였던 나는 자연스레 변기와 하나가 되었다. 난생처음 겪는 자연의 섭리 앞에서는 그 무엇도 무력했다. 휴대폰 진동 소리에도 예민해졌고 음식을 입에 대는 건 상상도 할 수 없는 일이었다. TV에 나오는 음식, 식당에서 식사 중인 사람들만 봐도 견딜 수가 없었다. 평소 좋아했던 것들은 모두 적이 되었다. 즐겨 뿌렸던 향수 냄새나 섬유 유연제 냄새는 곧장 나를 변기로 인도했다.

하루가 다르게 야위어가다가 5개월이 지나가면서는 공복이 더 힘든 '먹덧'(먹는 입덧)으로 갈아탔다. 그간 먹지 못한 것을 채우려는 듯 미친 듯이 먹어댔다. 고기로 잔뜩 배를 채우고 돌아오는 길엔 "오늘 저녁엔 오랜만에 고기를 좀 먹어볼까?" 했고, 냉면으로 배를 채우고 돌아오는 길엔 "냉면 먹어본 지가 대체 언제야?" 했으며, 중국집에서 나오는 길에는 "나는 태어나서 자장면이라는 걸 먹어본 적이 없어!!!"라며 남편의 간담을 서늘하게 만들었다. 나도 커지고 조이도 커져갔다.

생명체가 들어선 지 39주 5일째가 되는 날이었다. 자궁 수축이 시작되며 얼굴 근육도 이완과 수축을 반복하였다. 내진

41

을 하기 위해 병실 문이 열릴 때마다 죄 없는 간호사에게 장
풍을 쏘고 싶은 심정이었다. 멸균 장갑을 낀 그녀의 손이 자궁
경부를 지나 내 몸 어딘가에 안착했다고 느낀 순간 근원을 알
수 없는 따뜻한 액체가 매트리스 커버를 적셨다. 이어 가운을
휘날리며 문을 열어젖힌 의사가 호기롭게 입을 열었다.

"이제 아기 낳을 거예요~"

'이제 낳는다니… 그럼 여태껏 한 건 뭐임?'

"현주 씨~ 잘 해봐요, 우리! 남편분 들어오시라 할까요?"
"남편이요오오오, 그게 뭐죠오오오오오오오오오??~~~~~"
"잘했어요~ 아기 머리 나왔어요."
"네??? 뭐가 나와요오오오오오오오옥알알"

정확히 알 수 있었다. 무언가가 나의 산도를 원활히 빠져나
갔다는 것을, 이젠 내 눈으로 너를 볼 수 있게 되었다는 것을.

한 뼘은 주저앉은 배 위에 납작 엎드려 꿈틀대던 너는 무

려 10개월이나 알고 지냈다지만 조금은 낯설었고, 고작 10개

월을 알고 지낸 것뿐이었으나 너무도 익숙했다.

그렇게 우리는 둘이 아닌 셋이 되었다.

2014년 1월 하고도 열흘째 되는 날이었다.

파란 하늘

◆ ❀ ☀

　임신부 시절, 문화센터에서 진행하는 태교 교실을 수강했다. 미색 개량 한복을 입은 문화센터 선생님은 "태어날 아기에게 집의 천장보다는 하늘을 보여주는 게 좋지 않을까요?"라고 말하며 자비롭게 웃으셨다. 역마살이 가득한 나에게 그 한 문장은 제야의 종소리와 겹들여져 귓속으로 흘러들었다. 그날 저녁, 샤워를 마치고 거울 앞에 섰다. 터질 듯 부풀어 오른 배에 드러나는 실핏줄이 마치 사회과부도에서나 보던 한반도의 산맥 지도 같았다. 그 위에 튼 살 크림을 투척하며 나와 하나로 연결된 생명체에게 이야기했다. "그래, 우리 함께 지구를 누벼보자!"

　1월에 태어난 서후는 추위가 가실 즈음 생후 50일을 맞이

하며 봄에 피어나는 생물처럼 집 밖으로 작은 얼굴을 내밀었다. 나는 운전석에, 서후는 뒷좌석 역방향 카시트에 등을 마주하고 앉아 서로의 반대 방향을 바라보며 한반도를 누볐다. 기저귀와 가제 수건, 여벌 옷, 휴대용 유축기, 젖병, 유아차 등등의 장비들로 뒷좌석을 가득 채웠다. 매번 서후와의 고된 외출에서 돌아오면 '내가 다시는 나가나 봐라.' 하고 굳건하게 다짐했다가 다음 날이 되면 굳건하게 다시 나갔다.

"우리 서후, 밖에 나오니까 좋아요?"

"엥 앙 우이 오 아아아 난나 오아 아 에 이이 오 오아 에."

"그래쪄요~~ 우리 아기가 기분이 좋아요~~"

"닌네 웅 엥 오오 아 이 닌네 와이 오 우우 에 이이."

"우리 아기가 그렇게 노래 잘해요~~~"

"(어머니, 그렇게 일방적으로 대화를 하실 거면…)"

우리는 그렇게 파란 하늘도, 조금 덜 파란 하늘도 함께 보았다.

정말 다행이다

◆ ❄ ☀

생후 100일을 맞이하여 주인공은 먹을 엄두도 못 내는 백설기와 수수팥떡으로 가득 찬 상 앞에 앉았고, 1년을 살아내니 걸을 수 있는 기적을 선물 받았다. 세 살이라 불리는 나이가 되니 의지와 상관없이 똑같은 옷을 입고 비슷한 체구를 가진 인간들을 매일 아침에 조우하게 되었고, 그들을 '틴구'라 부른다는 것을 '턴샘님'이라는 사람에게 배웠다.

네 살이 되어 감정 표현을 갓 시작한 서후와의 어느 날이었다. 장을 보기 위해 함께 대형 마트의 엘리베이터에 몸을 실었다. 우리 둘을 시작으로 사람들이 밀물처럼 밀려 들어왔다. 벽면으로 밀린 서후가 위기감을 느꼈는지 나름의 짜증스러운 목소리로 입을 열었다.

"엄마! 사람들이가 많아서 너무 답답해!"

휴대폰을 든 채 SNS에 빠져 있던 나는 무감하게 대답했다.

"여기 있는 사람들도 다 너 때문에 답답해."

내가 던진 한 마디에 한 사람이 피식 웃더니 나중엔 거의 웃음바다가 되었다. 나는 의도치 않은 성과에 그들과 함께 어깨를 들썩였다. 마트에 도착해 쇼핑 카트에 앉은 서후는 여느 때처럼 장난감을 사달라고 떼쓰지도 않고 나와 눈을 맞추지도 않았다. 집으로 향하는 길에 룸미러로 뒷좌석을 흘깃거리던 내가 조심스럽게 말을 걸었다.

"서후~~ 엄마한테 삐졌어? 왜 삐졌는지 엄마한테 말해 주면 좋을 것 같은데…"

그제야 참아온 눈물을 뚝뚝 흘려내는 서후. 나를 옆으로 흘겨보며 또박또박 이야기를 하기 시작했다.

"엄마가 엘레베터에서 나하테 막 그어케 말해짜나!!! 엄마가 터후를 무시해짜나!!!"

"서후, 무시하는 게 뭔지 알아? 엄마가 서후를 무시했어?"

"응. 나가 다 알아. 그거 나쁜 거야. 엄마가 나 맹날맹날 놀리자나. 그래서 사담들이가 막 웃어서 점말 창피해딴 말이야…. 그리고 엄마가 나 얼굴에 아빠처럼 수엄 나게 해짜나!!!"

갑자기 무슨 말들을 하는 거지? 가만히 머리를 굴려보니 'SNOW'라는 앱을 이용해 얼굴에 프레임을 씌우는 놀이를 했었고, 얼굴의 반을 수염으로 채운 서후의 동영상이 너무 귀여워서 친구들과 보며 배꼽을 잡고 웃었던 일이 떠올랐다.

"그건 서후도 하고 싶어서 한 거잖아."

"엄마가 나 수엄 난 거 이모들하테 보여줘서 이모들도 막 웃어짜나!! 나가 다 봤어. 이제부터 엄마 안 사랑하꺼야!!"

중년 부부가 지난 일 들춰내듯 서후는 엄마 사람에게 서운했던 것들을 하나씩 토해냈다. 뜨끈한 양수와 함께 미끄러져 나와 내 배 위에 올려 있던 모습이 아직도 선명한데 언제 이렇게 자라서 본인이 느끼는 감정들을 쏟아내는지 뭉클하다가도 미안한 마음이 들었다. 아직은 아무것도 모른다고 생각했던 서후는 그 아무것에 상처받고 있었고 무심코 뱉은 말과 행동들로 서후에게서 받아온 달콤하고 무한한 사랑을 잃을 뻔했다.

"정말 미안해. 다신 안 그럴게. 용서해 줄래?"

애꿎은 카시트의 벨트를 조몰락거리던 서후는 잠시 고민하는 듯 입술을 수줍게 앞으로 쭉 빼더니 이윽고

"알겠어. 내가 용서해 주께."

그제야 집으로 향하는 용서받은 자의 뒤통수에 대고 이어지는 한 마디.
"아 맞다! 엄마!! 우리 모르고 아까 잔난감 안 샀따!"
나는 마트로 가기 위해 좌측 깜빡이를 넣었다.

다시 사랑받게 되어서 정말 다행이다.

앞구르기

◆ ❀ ☀

"엄마, 나 돼지바 먹어도 돼? 기엄 나 콜록콜록할 텐데?"

공연 연습이 있던 날, 남편이 퇴근할 때까지 서후는 같은
반 쌍둥이 친구들 집에서 시간을 보내고 있었다. 쌍둥이 할머
니가 아이스크림을 사 오셨는데 그중에는 서후의 최애 아이
스크림인 돼지바도 있었다. 그럼에도 서후는 냉큼 아이스크
림을 집어 들지 않고 나에게 전화를 걸어달라고 했다.

"응. 서후야~ 너무 많이 먹지 말고 조금만 먹어."
"알게써~~ 그러케 말해 저서 고마어. 엄마~~ 끼녀~~"

전화기를 통해 들려오는 서후의 목소리는 무언가 또 다른

50

느낌으로 앙증맞다. 통화를 끝내고 빨간색 전화기 모양을 작은 손가락으로 톡 하고 터치했을 상상을 하며 내 휴대폰 메인 화면의 서후 얼굴에 무자비하게 뽀뽀를 해댔다.

나와 남편은 감기에 잘 걸리는 서후에게 아이스크림에 있어서는 관대하지 못했다. 기침이 시작되면 본인 스스로 "엄마! 키닐났따! 나 콜록콜록한다! 아이시키림 먹어서 그런 거 가튼데?" 하며 대단히 큰일이라도 난 것처럼 눈을 게슴츠레 뜨고 입을 쭉 내밀곤 했다. 아이스크림을 눈앞에 두고 솟구치는 군침을 삼키며 나에게 전화를 해달라고 한 것이 종일 마음에 걸렸던 나는 그날 밤, 잘 준비를 마치고 함께 누워 입을 열었다.

"서후야, 오늘 아이스크림 먹었어?"

"응! 서할머니가 돼지바 사줬어!"

"우아, 좋았겠는데? 근데 왜 엄마한테 전화해 달라고 했어? 엄마한테 물어보지 않아도 괜찮아. 그럴 때는 그냥 먹어버려!! 어때?"

"기엄 나 콜록콜록하까튼데? 기엄 엄마가 또 밤에 못 자까튼데?"

서후가 심한 감기에 걸리면 밤낮과 관계없이 열 체크를 해야 하는 내가 별다른 생각 없이 내뱉었던 말이 뇌리를 스쳐 갔다.

"서후 감기 걸리면 엄마 너무 힘들어…. 엄마도 졸린데 잠도 못 자고…."

서후는 '내가 감기에 걸리는 것은 엄마가 힘들어지는 것과 같다.'는 결론을 만들어냈다. 그리하여 아이스크림 앞에서 쭈뼛댔다. 내가 이 작은 인간보다도 부족하다는 생각에 별안간 눈시울이 붉어졌다. 태연하게 장난감 자동차를 허공에 날리는 이 작은 인간이 주는 사랑의 농도가 너무 짙어서 나는 정시 취침 따위 미뤄두고 몸을 일으켰다.

"우리 앞구르기 할까???"
"아 되박!!! 좋았어!! 엄뫄 체고!!!"

그 좋았던 날들을 상상하는 일은 아주 황홀하지만, 현실로 복귀하는 일은 여행지에서 돌아오는 길만큼이나 꽤나 고달프다. 밤새 기침을 해댔던 날들이 무색하게 서후는 고요하기만 하고, 앞구르기라는 단어를 들려주어도 "엄놔 체고!"라고 말해 주지 않는다.

돼지바만 보면 가슴이 미어진다.

서후와 하고 싶었던 것들

♦ ❀ ☀

밥그릇 들고 쫓아다니며 밥 먹이기.

감기에 걸린 서후와 다니던 소아과에 가기.

1층에 있는 약국에 가서 장난감 사 주기.

씽씽이 타고 등원 버스 타러 가기.

시간 맞춰 하원 버스 기다리기.

하원 버스에서 내린 서후와 집 앞 슈퍼에 가기.

보고 싶은 만화 틀어주기.

서후 목욕시키기.

오늘 어린이집에서 무슨 반찬 나왔냐고 물어보기.

도망가는 서후를 잡아 양치시키기.

목욕 후에 함께 누워 품에 안아 재우기.

먼저 일어나서 자고 있는 모습 바라보기.

젖은 머리 말려주기.

커가는 몸에 맞춰 서후 옷 쇼핑하기.

짜장면 먹기.

돼지바 먹기.

무더운 날에 수영장 가기.

누워서 〈헬로카봇〉 시청하기.

토이저러스 가기.

우는 서후 달래기.

수면 잠옷 단추 잠가주기.

손톱 발톱 깎아주기.

이름 쓰는 법 가르쳐주기.

초등학교 입학식 가기.

남편과 셋이 단체 카톡방 만들어 대화하기.

아침밥 만들어주기.

점심밥 만들어주기.

저녁밥 만들어주기.

꼭 안아주기.

2

◆
❀
☀

기억은 추억이 된다

주말의 온도

♦ ❋ ☀

내가 매일같이 앉아 서후의 면회만 기다리는 이곳은 병원 3층의 수술 환자 보호자와 집중치료실 보호자들의 대기 장소다. 병원의 정상 업무 시간에는 수술 환자 보호자들이 주를 이루고, 매일 오전 10시와 오후 8시 언저리에, 그러니까 하루 두 번의 면회 시간에는 집중치료실 보호자들로 가득 찬다. 그리하여 이곳의 공기는 아침저녁으로 급격히 무거워진다.

이곳에 있는 의자는 가로 4칸에 세로 8줄이다. 그중 가장 뒷자리, 그중에서도 오른편으로 제일 안쪽 자리가 내가 2018년의 어느 날부터 여태껏 터를 잡은 내 자리다. 어느 순간, 집보다도 더 익숙하고 마음이 편한 곳이 되었다. 편안한 보폭으로 정확히 112걸음만 걸으면 서후에게 닿을 수 있는 이곳은

나에게 허용된, 서후와 가장 가까운 곳이기도 하다. 나를 위로
하러 오는 이들은 약속이라도 한 듯 이곳에서 나를 기다리기
도 하고 나에게 줄 먹을거리나 책들을 두고 가기도 한다. 이
자리의 장점은 다른 보호자들에게 나의 동태를 노출시키지
않으면서 동시에 그들의 동태를 한눈에 살필 수 있다는 것이
다. 무엇보다 울고 싶을 땐 구석진 이곳에서 조용히 머리를 박
고 원 없이 울 수도 있으니 사실 더 바랄 게 없다.

　내 자리엔 방석과 등 베개, 담요, 목베개, 풋 레스트, 몇 권
의 책, 끼니를 때울 간식, 간단한 세면도구 등 웬만한 건 모두
구비되어 있다. 그중 떨어지기가 무섭게 꼭 채워놓는 것이 견
과류와 두유, 바나나이다. 배우자나 자식의 불상사로 인해 이
곳에 발을 딛는 어르신들이 적잖다. 대기 시간이 길어짐에도
당신 배 채우겠다고 식사를 하는 것이 여의치 않아 대부분이
식사를 거르신다. 그런 분들이 내 레이더망에 들어오면 몇 가
지를 집어 곁으로 다가가 조심스레 권한다. 내 시간이 허락한
다면 말동무가 되어 드리기도 하고, 무탈했던 시간들을 반추
하는 입말들을 가장 편한 자세로 들어드린다. 그 순간만큼은
그 시간 속으로 돌아간 것 같은 안정감이 들어 잠시나마 그들

이 편안함에 이른다는 것을 나는 안다. 그렇기에 최선을 다해 청자가 되어드린다. 그들이 회상하는 그의 가족은 뭐가 그리도 어질고 참된 사람인지, 가여운 입장에 처한 사람은 그릇됨이 모조리 상쇄되는 모양이다. 내가 내 아이의 미운 구석이 도무지 떠오르지 않는 것처럼.

이 공간은 취사와 배설을 제외하고는 하루를 보내기에 큰 무리가 없다. 172cm의 장신이긴 하지만 완벽히 새우등을 만든다면 깊은 잠에 빠질 수도 있다. 서울 명동 한복판처럼 사람이 지나다니는 곳이다 보니 담요를 정수리까지 덮는 것을 잊어서는 안 된다. 나는 이곳에서 서후의 이름이 불릴 때까지 책을 읽기도 하고, 휴대폰이 뜨거워지도록 영화를 보기도 하며, 누군가에게 궁금한 대상이 되기도 한다. 이곳에 온종일 앉아 있다 보면 넉살 좋은 소수의 보호자분들의 호기심 덕에 인터뷰 수준의 질문 세례를 받을 수도 있다.

"누가 아파요?"

"아… 네… 뭐….."

"누가 아픈데요? 아버지가? 엄마가? 사고 났어요? 연세가 어떻게 되시는데? 여기서 잠도 자요?"

그들은 방송 생활을 할 때도 받아보지 못한 관심을 나에게 보여준다. 굉장히 겸연쩍고 사실은 아주 많이 불편하다. 온갖 잡동사니를 갖춰놓고 앉아 있는 나를 보고는 "아이고, 아주 난민이 따로 없네~" 하고 입을 놀리는 인간에게 상처받고, 앞뒤없이 "힘내세요!" 하고 다독이는 사람에게 위로받는다. 이따금씩 자리를 비운 사이 서후의 물품에 떡하니 신발을 신은 채로 발을 올리고 앉아 있는 인간을 보면 너 죽고 그 김에 나도 죽자 하는 심정으로 머리카락이라도 쥐어뜯고 싶다. 그러고는 그 시간을 핑계 삼아 할 수 있는 한 가장 큰 소리로 울고 싶다. 서후에게 닿지 않을 만큼의 데시벨로 말이다.

그렇기에 나는 주말이 참 좋다. 응급 수술을 제외하고는 수술이 없으니 소수의 집중치료실 보호자들로만 채워져 제법 한산하다. 적당히 비슷한 온도를 가지고 있는 사람들끼리 한 공간을 채운다는 것은 그것만으로도 참으로 위안이 된다. 그 시간 안에는 종이책도 읽고 노트북과 씨름도 할 수 있으며 피식피식 웃어 보이기도 할 수 있다.

보호자 대기실의 의자는 많은 보호자들의 불만거리다. 집 중치료실 보호자들은 이곳에서 밤을 보내야 하는 경우가 많은데 잠시라도 몸을 눕힐 곳을 찾곤 한다. 그렇기에 의자와 의자 사이에 존재하는 단단한 팔받침이 꽤나 거슬린다. 종종 왜 의자를 이따위로 만들어서 사람 눕지도 못하게 하냐며 육두문자를 날리시는 어르신들 또한 어렵지 않게 볼 수 있다. 그럴 땐 어르신과 눈이 마주치지 않도록 빠르게 이곳을 빠져나가야 한다. 행여나 그러지 못하는 날엔 이 의자가 지니고 있는 불편함에서부터 출발하여 어르신의 군 시절을 지나 현재까지의 파란만장 인생 스토리를 맨 정신에 들어야 하는 호사(?)를 누릴 수도 있다.

오늘도 이곳의 의자는 적잖은 사람들로 채워진다.

그 사람이 어떤 인생을 살았든, '이곳'에서만큼은 나는 그 모두를, 진심으로 응원한다.

순복이 할머니

♦ ❀ ☀

서후의 몸에서 VRE라는 균이 발견되면서 음압격리실로 병상을 옮겼다. 전에 사용했던 베드의 번호는 숫자 7. 절망만 가득한 시간 속에서 서후에게 배정된 행운의 숫자 7은 우리 가족에게 반가운 숫자였다. 더군다나 7번과 8번 베드는 '무일유이'하게 머리맡으로 커다란 창이 있었는데 북향인지라 아쉽게도 볕이 들어오진 않았지만 화창한 날엔 서후의 얼굴이 조금은 환해 보였다.

7번 베드와 나란히 놓인 8번 베드에는 이순복 할머니가 누워 계셨다. 90세가 넘은 할머니는 오랜 시간 해를 보지 못한 탓인지 순두부처럼 뽀얗고, 할머니 이름처럼 '순복 순복한' 동그란 얼굴을 가졌다. 기계에 의존하여 숨을 쉬고 계시긴 하지만 딸들과 눈을 맞추기도 고개를 끄덕이기도 했고, 아주 희박하게는 반달눈을 만들어 웃어 보이기도 했다. 나는 그런 할머니가 부러웠다. 사랑하는 사람과 눈을 맞출 수 있다는 게 대단하게 느껴졌다. 할머니에게는 세 명의 딸이 있었다. 미국이 터전인 둘째 따님은 순복 할머니와 유독 닮았고 유독 우리 가족과 가깝게 지냈다. 그녀에게는 딸 셋, 아들 다섯, 이렇게 여덟 명의 자식이 있었는데 아들 다섯을 잃고 세 딸이 남았다는 이야기를 우연히 전해 들었다. '그때는 낳아 놓으면 원인도 모르고 그냥 막 죽고 그랬어.'의 그 시절일지라도 할머니의 가슴에 어른이 되어보지 못한 남자 사람의 얼굴이 얼마나 많이 새겨져 있을지, 할머니의 마음이 얼마나 새까맣게 탔을지, 어떻게 살아갈 힘을 냈을지, 할머니의 푹신한 무릎을 베고 우직한 위로를 듣고 싶었다.

할머니의 세 딸은 면회 시간을 아주 귀하게 여기셨다. 멀리서 먼저 면회를 끝낸 1번 타자가 걸어 나오는 모습이 보이면 교대 장소까지 오기를 기다리는 시간도 아까워 다음 타자가 미리 출발했다. 중간에서 보호자 출입증으로 바통 터치를 하고 할머니를 만나러 가는 식으로 20분의 시간을 야무지게 사용했다. 세 딸은 엄마의 이마를 쓰다듬거나 팔다리를 주물렀다. 건조해진 손발에 로션을 발라주거나 무언가를 끊임없이 이야기했다. "우리 엄마 오늘 새색시처럼 예쁘네?" 하는 말이 내 귓가에까지 전해질 때는 그 한 문장이 너무 예뻐서 듣는 것만으로 기분이 좋아지기도 했다.

처음에 그들은 서후의 침대 발판조차도 쳐다보지 못했다. 작은 몸뚱어리에 의료 기기를 잔뜩 매달고 미동 없이 누워 있는 모습을 곁눈질로도 보지 못했다. 최대한 멀리 시선을 두고 걸음을 재촉했다. 하루가 지나고, 이어 두 개의 하루가 지나고, 시계가 수없이 같은 자리를 돌며 시간은 그들에게 익숙함을 주었다. 그런 서후의 모습은 그들의 눈에 자연스럽게 익었다. 할머니를 만나고 돌아가는 길에 말을 걸어주기도 하셨고, 장난감 자동차를 머리맡에 올려 두기도 하셨다. 그러고는 입버릇처럼 "이제 일어나야지~ 일어나서 엄마 얼굴 봐야지~" 하고 말씀하셨는데 그럴 때마다 나는 "이제 일어날 거예요~~ 걱정 마세요." 하고 서후의 말투를 흉내 내어 받아쳤다.

면회가 끝나고도 둘째 따님은 집으로 가지 않고 구석진 곳에 앉아 발끝을 바닥에 툭툭 부딪치면서 잠깐의 시간을 보내시고는 했다. 내가 "가서 좀 주무세요~ 내일 또 오셔야죠." 하고 말하면 "가야지~ 가야지~"라는 말과 함께 어렵사리 몸을 일으키셨다. 그러고는 언제나처럼 두 주먹을 불끈 쥐어 쇄골 앞에 갖다 대고 말씀하셨다.

"아기 엄마!! 파이팅!!!"

그 밤을 버텨낼 힘은 한 인간의 입술에서 흩어져 나에게 파고들었다. 그 위대한 말의 언령이 그대로 나에게 스며들어 나는 또 그 밤을 살아냈다.

하루 종일 보호자 대기실에 앉아 있으면 서후를 만날 수 있는 면회 시간이 중간중간 주어졌다. 그럼 나는 얼른 서후에게 뛰어들어 필요한 보살핌을 했는데 그럴 때마다 커튼을 살짝 걷고 할머니에게 말을 걸곤 했다.

"할머니~ 침 뽑아 달라고 할까?"
"할머니~ 좀 있으면 면회 시간이야, 할머니 딸 올 거예요."

"할머니~ 지금 밖에 비가 엄청 많이 와~~"

처음에는 내 말을 알아들으시는 건지 뭔지 답답할 따름이었지만, 기회가 되는 대로 말을 걸고 눈을 마주치며 할머니의 텅 빈 시간들을 소박하게나마 채워드렸다. 중환자실 안에 위급한 환자가 있을 때는 간호사들이 그곳으로 몰릴 수밖에 없었다. 그럴 때는 할머니에게 제때에 손길이 닿지 못해 식도를 통과하지 못한 침이 거품이 되어 넘쳐흐르곤 했는데, 당사자는 남의 일인 양 태연했고 지켜보는 나는 안절부절못했다.

내가 듣고 보지 못하는 시간 안에 서후는 얼마나 많은 것들을 겪어내고 있을까. 그 버거운 것들을 아무런 선택지도 없이, 아무런 저항도 할 수 없이, 아무런 위안도 없이 겪어내는 서후를 상상하는 것은 나에게는 또 다른 버거운 것이어서 나는 상상하는 것을 서둘러 멈추었다. 내가 할 수 있는 것은 주저앉아 고개를 처박고 눈물을 뺀다거나 "미안해, 엄마가 미안해." 하고 소리를 내는 것뿐이었다. 내가 온갖 슬픈 생각에 빠져 눈이 벌게져도 유일하게 나를 보고 있는 할머니는 '왜 울어, 울지 말어.' 하고 말해 주지도 않는다. 알 수 없는 되새김질을 반복하며 건조한 눈으로 나를 바라본다. 이대로 저승 차사가 할머니를 데리러 오더라도 같은 눈을 유지하며 의연하게 떠나실 것 같았다. 그런 생각이 들 때마다 나는 입 밖으로 내어놓을 수 없는 말들을 마음에 담았다. '할머니가 혹시 이승을 떠나신다면 우리에겐 없는 할머니의 영적인 힘으로 우리 서후를 저에게 보내주세요. 제발요. 제발 좀요.' 내가 상상한 것은 분명 아무런 죄가 없는 내 눈앞의 한 인간의 죽음이었다. 그 사실에 소스라치다가도 그 대상이 살아온 세월의 길이는 나의 죄의식을 상쇄시켰다.

가끔은, 나도 내가 너무 무섭다.

두 손 모아, 간절히

◆ ❀ ☀

순복이 할머니는 더 이상 치료할 것이 없다는 이유로 면회가 자유로운 요양 병원으로 전원되었다. 서후 머리맡에 우리의 목소리를 들려줄 녹음기를 둔 것처럼, 할머니 머리맡에도 친구가 되어줄 무언가가 있었으면 좋겠다는 생각에 고심해서 인터넷으로 효도 라디오를 구매했다. 하지만 요양원까지 찾아갈 여유가 나지도 않았을뿐더러 애써 시간을 내지도 않았기에 나는 주인에게 가지 못한 물건을 가지고만 있었다.

어느 날, 할머니에게 라디오를 전달해야겠다는 생각이 들어 큰맘 먹고 요양원으로 전화를 걸었다. 담당자와의 통화를 기다리며 온전히 할머니를 위한 면회를 상상했다. 서후의 면회 시간에 쫓겨 하지 못했던 말들을 수다스럽게 늘어놓는 내 모습을 잠시 그려보았다. 연결음이 멈추고 요란한 키보드 소리가 들려왔다. 그는 성함이 정확하냐는 질문만 재차 해오며 확인이 되지 않는다고 했고, 나는 엄마에게 둘째 따님의 연락처를 찾아봐 달라고 부탁했다. 잠시 후 다시 전화가 걸려 왔다.

"병원인데요. 이순복 할머니, 그저께 임종하셨네요. 석가탄신일에. 그날 임종하셨네."

덤덤하게 통화를 마무리하고 태연하게 가던 길을 걸었다. 오디오를 단단하게 쥐었다. 심장이 아주 조금 빠르게 뛰었다. 눈물이 나지 않았다. 병원 지하 편의점에서 바코드 찍는 소리가 유난히 크고 규칙적으로 들려왔다. 삼각 김밥은 대체 누가 만들었는지 궁금했다. 병원 편의점 점원이 환자복을 입은 손님에게 "또 오세요!" 하고 얘기했다. 우스웠다. 보안 요원이 보호자 출입증이 없는 사람을 제지하자 제지를 당한 사람이 불쾌함을 드러내며 여자 보안 요원에게 큰소리를 냈다. 엘리베이터 안은 휠체어를 탄 사람과 타지 않은 사람으로 가득 찼다. 서후의 면회를 준비했다. 중환자실 8번 베드에는 또 다른 노인이 호흡기에 의존하여 살아지고 있었다. 서후의 가슴팍도 기계가 주는 만큼의 산소에 따라 부풀어 오르고 가라앉음을 반복했다. 서후의 오른쪽에 서서 상체 앞면을 조심스럽고 세게 안았다. 서후의 왼쪽 귀가 빠른 속도로 젖었다. 비닐 가운 때문에 서후의 온기가 온전히 느껴지지 않았다.

"할머니가 우리 서후를 엄마한테 보내주시면 좋겠다. 제발. 제발 좀."

그해 석가탄신일에는 4차원의 세계에서 다섯 명의 남자아이가 엄마를 만나게 되는 부처님의 가피가 있었기를. 두 손 모아, 간절히.

마미 이모

◆ ❀ ☀

오나미는 나보다 한 해 늦게 태어났고 한 해 늦게 KBS에 입사했다. 어디 하나 비슷한 구석이 없는데 우리는 14년이라는 세월을 함께 보내며 '찐친'이 되었다. 워낙에 착한 성정을 가진 인간이라 손해에는 익숙하고 거절은 서툴며 〈인간극장〉을 눈물 없이 보지 못한다. 지나치게 여린 마음을 가져서 그런지 얼굴이 참 예… 예쁘… 여린 마음을 가졌다.(찡긋)

나는 금식보다는 금주가 힘든 사람이고 오나미는 무알코올 음료에도 취하는 애다. 그리하여 그녀는 종종 (잦게) 나의 수호신이 (대리 기사님이) 되어주었다.

"엇, 어쩌다 보니 또 나미가 함께 있네? 그럼 나 오늘 술 마셔도 되나?"

"어차피 먹을 거잖아요. 왜 물어보세요?"

"너 이 녀석(ㄴ ㅕ ㄴ) 선배한테 말버릇이 그게 뭐야?"

"드세요."

"응. 사랑해."

내 결혼식에서 나미는 나를 감동시켜 세상 아름다운 신부를 눈물범벅으로 만들기 위해 며칠 동안 열을 올리며 축시를 완성했다. 그것은 사랑하고 존경하는 선배의 술버릇, 눈부신 연애사, 안면의 진화 과정에 관한 것이었고, 그녀는 그것들을 마치 백석 시인이라도 된 양 읊어댔다. 그리하여 나의 시부모님께서는 아들 결혼식치고는 너무 서둘러 결혼식장을 떠나셨다. 대성통곡을 해야 할 사람은 누가 봐도 나인데 왜 지(오.나.미)가 울고 있는지, 우리 엄마도 눈이 반달이 되도록 웃는데 왜 지(오.나.미)가 우는 건지…. 사고 쳐놓고 연막을 치는 게 틀림없었다. 이곳이 결혼식장이 아니라 KBS 연구동 옥상이었다면… 하고 잠시 상상했지만 많은 하객들이 요절복통했고 그보다 나미가 축의금을 많이 냈기 때문에 나도 요절복통했다.(낄낄)

서후는 나미를 '마미 이모'라고 불렀다. 'ㄴ' 발음을 어려워 하기도 했고 마미를 발음할 때마다 작은 입술을 두 번 부딪치는 모양새가 너무 앙증맞아서 그러도록 내버려 두었다. 하루는 마미가 집에 놀러 왔는데 서후가 "이모, 우리 숨바꼬지할래?" 하고 말했다. 별안간에 자유를 획득한 나는 발가락으로 걸어 안방으로 순간 이동을 하였고, 이어 두 개의 음성이 합쳐져 "가위, 바위, 보"를 외치는 소리가 들려왔다. 무엇이 무엇을 이기는 것인지조차도 알지 못하는 서후는 승부 따위 안중에도 없이 손의 모양을 이리저리 바꾸었다.

서후가 술래가 되었고 마미는 싱크대 앞에 가서 몸을 숨겼다. 서후가 열을 세고 뒤따라 들어오더니 마미 옆에 작은 몸을 웅크리고 앉아 검지를 빼내어 눈앞에 갖다 대고는 "이모 쉿." 하더란다. 그렇게 만 3세 꼬마 옆에서 십 분 이상을 숨죽여 있던 마미는 그 꼬마가 너무 귀여워 둘의 모습을 카메라에 담았고 그날 저녁, 그 사진이 마미의 SNS에 올라왔다. 잘 준비를 마치고 서후와 함께 누워 "오~~대박! 이서후 연예인 인스타그램에 올라갔네." 하고 말했더니 "높은 데 올라가는 거 아니에요. 위험해요."라는 우문현답이 돌아왔다. 나는 세상사 알고 싶지도, 알 필요도 없는 작은 인간이 오늘따라 유난히 더 사랑스러워 "네. 다시는 안 올라갈게요." 하고 대답하고는 내 품에 냉큼 안아 등때기를 두드려 주다가 쿨쿨 잤다.

그 좋았던 시간이 무색하게 서후는 잠에서 깨어날 생각을 안 한다. 등때기를 두드려 주고 싶어도 서후는 꼼짝하지 않고 나에게 등을 내어주지 않는다. 자면서 이를 '극극' 갈지도 않고 자다 깨서 다리를 주물러 달라고 하지도 않는다. 아침이 되었는데도 눈을 뜨지 않고 "엄마!" 하고 나를 부르지도 않는다. 나는 그래도 이서후가, 그래도 나는 네가 깨어날 때까지 나와 눈을 마주쳐 줄 때까지 "엄마!" 하고 불러줄 때까지,

아니 그렇지 못하더라도 나는 너를 기다린다. 서후의 심장이 분명히 뛰고 있으니까.

일 더하기 일은 귀요미

◆ ❋ ☀

　나의 친구들은 종종 나에게 배달 음식을 보낸다. 밤에도 깨어 있어야 할 나를 위해 야식을 보내 놓고는《떡볶이 ○시 도착! 오늘 밤도 사랑해!》하는 식의 메시지를 보낸다. 그럼 나는 5층 우리 방에서 병원 1층 현관까지 뛰어가서 음식을 픽업해 와야 하는데, 서후를 혼자 두고 가는 것은 여러모로 어려운 일이다. 그렇기에 나는 이어폰을 서후의 귀에 꽂고 자극이 없는 실리콘 테이프로 붙여 이어폰의 탈출을 막아준 다음 나미에게 전화한다. 비로소 나미가 마미 이모가 되는 시간이다. 마지막으로 서후의 활력 징후 모니터 장치의 알람을 가장 크게 올려놓고 두 다리가 안 보일 정도의 속도로 뛴다. 마미 이모는 그 어떤 소리라도 감지하면 간호사실로 전화한다. "서후 방이요!!!" 하고. (알람이 울린 적은 단 한 번도 없었다.)

그날도 나미와 통화 후 서후에게 이어폰을 꽂아주고 김민경 언니가 보내준 (민경 언니는 유독 먹을 거를 잘 보내준다.) 음식을 가지고 잽싸게 방으로 돌아왔는데 그날따라 나미가 무슨 이야기를 하는지 궁금해졌다. 조용하고 차분하게 음식을 내려놓고 이어폰 한쪽을 슬그머니 빼서 내 귀에 꽂았다.

"아니, 그래가지고 이모가 노래 연습을 계속하고 있어, 요즘에~. (미팅 프로 일주일 전이었음) 이모가 원래 기타를 칠까 뭐 이런저런 고민을 하긴 했는데 기타가 그게 하루 이틀 연습한다고 되는 게 아니잖아. 뭐 별생각을 다 했지 뭐~ (꺄르르르르) 서후야~ 그럼 이모 연습한 거 해볼 테니까 들어봐~. 일 더하기 일은 귀요미~ 귀요미~ 귀요미~ 이 더하기 이는 귀요미~ 귀요미~ 귀요미~. 아, 서후가 이모 춤을 봐야 하는데~ (호호호) 아무튼 삼 더하기 삼도 귀요미~ (낄낄낄낄) 아 너무 웃겨~ 서후야, 이모 이러다가 서후한테 이모부 데려가는 거 아니야~? (킥킥킥) 아우~ 정말 한참 웃었네. 서후야~ 우리 서후~~ 이모 서후 보고 싶다~ 서후 언제 일어날 거야. 엄마가 서후 많이 기다려. 이모들도 서후 많이 기다… 기다려~~ 서후야~~~ 뭐야~ 이모 바보같이 왜 울지? (꺄르르르) 아, 이모 울다가 웃어서 똥구멍에 털 나는 거 아니야? (킬킬킬킬)"

　나는 이어폰을 빼서 조심스레 내려놓고 먼발치로 다시 가서 소리쳤다.

"서후야~~ 엄마 왔지!!"

그러고는 다시 이어폰을 귀에 꽂았다.

"오나미~ 감사!! 또 부탁해. 끊는다."
"뭐예요~ 끊을라고? 나랑 얘기하자~~ 심심하잖아."
"서후랑 있어서 안 심심하거든? 끊는다!!"

　하염없이 눈물이 흘러나왔다. 슬픈데 행복해서. 내 상황이 너무도 처참한데 친구가 있는 게 행복해서. 내 친구가 너무 좋은 사람이어서. 내 친구가 나를 위해 울어주어서. 내 아이에게 노래를 불러주어서. 그래서 눈물이 멈추지 않았다.

　소리 내지 않고 울었더니 몸속에 이산화탄소가 가득 찼다.

눈물도 나고 기침도 나왔다. 옷소매로 눈물을 벅벅 닦아내고 서후를 있는 힘껏 안았다.

"서후야, 우리가 살아야 할 이유가 너무 많다. 그치?"

나는 씩씩하게 걸어가서 음식 꾸러미를 집고 안간힘을 써서 매듭을 풀었다. 음악 앱을 열어서 〈귀요미송〉을 재생시켰다. 온기가 가시지 않은 분식을 입술이 벌게지도록 배부르고 맛있게 먹었다.

민경 언니에게 《일인분 맞아요?》 메시지를 보냈더니 《그럼 그걸 둘이 먹겠니?》 하는 답장이 왔다.

쫄면과 김밥과 군만두는 그날따라 '개꿀맛'이었다.
다시 생각해 봐도 일인분은 아니다.

할아버지의 범행

♦ ❋ ☀

오늘도 집중치료실 2번 침상의 할아버지는 탈출을 위해 남몰래 작업을 시작한다. 그것은 할아버지의 양손에 씌워져 있음과 동시에 침대 난간에 묶여 있는 억제 장갑에서 손을 빼기 위한 작업이다. 주사 라인이나 소변줄 외에도 갖가지 의료 장치들을 본인의 몸에서 계속해서 빼내려는 환자들은 안전한 치료를 위해서라도 곧장 장갑에 손이 묶인다.

2년 이상을 하루에도 몇 번씩 집중치료실에 들락거리다 보니 ◇번 침상에 새로 환자가 들어왔다든가, ○번 침상 환자의 얼굴이 부쩍 좋아졌다든가 아니면 그 반대라든가, △번 환자의 보호자는 오늘도 면회에 오지 않았구나 하는, 그곳의 하루하루 분위기를 어느 정도는 파악할 수 있게 되었다. 그렇기에 아침 면회가 시작되고 서후의 면회를 위해 비닐 가운을 입으면서 서후 방 왼쪽의 2번 할아버지가 오늘도 어김없이 탈출을 시도하고 있는 것이 시야에 들어왔다. 정말이지 아주 조금씩, 할아버지는 손목의 스냅을 이용하여 당신의 왼손을 장갑으로부터 분리하고 있었다. 그 와중에도 할아버지의 시선이 장갑을 향하지 아니하고 너무도 태연하게 천장을 향하고 있는 모습은, 수업에 열중하고 있는 듯한 학생이 책상 밑으로는 현란하게 카톡을 날리고 있는 모습을 떠올리게 했다.

탈출 작업이 마지막에 다다랐을 즈음, 할아버지의 범행(?)은 영락없이 간호사에게 발각된다.

"아이고, 우리 아부지~ 또 어디 가시게~ 애 많이 쓰셨는데 어쩌나~~"

그간의 노력이 무색하게 할아버지의 손은 순식간에 다시 장갑 깊숙이 밀어 넣어지고 그 노력을 목격했던 유일한 1인인 나는 안타까움에 신음을 냈다. 할아버지가 이제는 더 이상 방도가 없겠다 싶은지 태도를 바꾸어 갑자기 큰소리를 내기 시작한다.

"밖에 사람 없어요? 내 말 들려요? 여기 사람 죽여요! 여기 예요! 여기!! 거기 누구 없어요?"

면회를 마치고 나가는 나를 발견한 할아버지는 같은 편이라 느끼는지 매번 나에게 도움을 청한다. 할아버지의 은밀한 단어와 단어 사이에는 공기가 얼마나 많이 따라붙는지 그 순간에는 할아버지의 폐가 모조리 쪼그라들었을 것만 같다.

"아줌마아! 이것 조옴 풀어어! 이 사람들이이… 나 죽여어! 아줌마아아…!"

그래서 나도 함께 공기를 잔뜩 빼내어 은밀하게 대답해 드렸다.

"안 돼애! 할아버지이 그거 풀어주며언! 나 혼나아! 아무도 할아버지이 안 죽이니까아 걱정 마시고오 얼른 나아서어 집에 가셔어!!! 아셨지이??"

세상 여리고 애절한 표정을 구사하던 할아버지는 순식간에 세상 원수를 만난 얼굴로 나를 바라본다. 그리고 다시금 누워 손목을 흔들기 시작한다. 은밀하고 현란하게! 다음 작업이 시작되려나 보다. 포기란 없다. 그럴 때마다 나는 부디 할아버지가 딱 저만큼의 열정과 의지로 병마와 싸워 이겨 가족에게 돌아가기를 바랐다.

야구 글러브만 보면 할아버지가 생각난다.

주차권 할머니

◆ ❀ ☀

"주차권 필요하신 분~~ 주차권 드려요!!"

매주 월요일 오후면 한 문장을 반복적으로 내뱉으며 보호자 대기실을 배회하는 할머니의 모습을 볼 수 있다. 단단히 눌러쓴 선캡과 언뜻 보기에도 할머니와 적지 않은 세월을 함께 했을 진회색 배낭, 한껏 올려 신은 양말을 야무지게 감싸고 있는 유명 브랜드의 화려하고 오래된 운동화가 그녀와 굉장한 조화를 이루며 어김없이 내 시선을 끌었다. 할머니는 양쪽 발에 공평하게 힘을 싣고 걸으며 손에 들린 종잇조각을 흔들어 댔다.

"주차권 필요하신 분~"

보호자들은 누군가의 대가 없는 호의가 의심스러운 듯 곁눈질로 옹색한 관심을 보일 뿐이다. 더러는 눈살을 찌푸리기도 하는 와중에 나의 엄마가 대뜸 오른손을 치켜들더니 "저요!" 하고 두 글자를 내뱉는다. '저요'라니, 세상에 '저요'라니…. 영락없는 나서기 좋아하는 초등학생의 모습으로 엄마는 공간 내 모든 사람의 시선을 한 몸에 받았다. 우뚝 선 나의 모친을 발견한 할머니는 부처를 친견한 듯한 눈빛으로 우리를 향해 걸음을 옮겼다. 그것이 우리 인연의 시작이었다.

할머니는 매주 월요일이면 집에서 투병 중인 딸의 대리 처방을 받기 위해 어김없이 병원에 오신다. 대중교통을 이용하시는 할머니는 진료비 영수증 한구석에 붙어 있는 4시간 무료 주차권이 아까워 매번 보호자 대기실을 배회한다. 주차권을 누군가에게 나누고자, 사람들의 다정하지 못한 눈빛에도 아랑곳하지 않고 느린 걸음을 걸으며 종잇조각을 흔들어댄다. 주차권을 받은 누군가가 캔 음료라도 하나 건네려면 흔적 없이 자취를 감춰버린다. 나와 엄마도 할머니와 꽤 오랜 시간 연을 이어 갔을 즈음에야 약소한 견과류 한 봉지와 두유를 그녀의 손에 쥐어드릴 수 있었다.

월요일 오후가 되면 엄마와 나는 실속 없이 뒤를 돌아보 거나 작은 기척에도 하던 일을 멈춘다. 그러다 보면 어느 순간 그녀의 목소리가 우리의 귓가에 은밀하고도 구수하게 울려 퍼진다.

"아기는 좀 어때유?"

우리 모두가 무사한 날에도, 거센 파도가 휩쓸고 간 후에 도 나는 언제나 많이 좋아지고 있다는 한결같은 대답을 했고, 그녀 또한 두 손뼉을 마주쳐 가며 한결같이 기뻐했다. 일주일 에 한 번씩 나누는 잠깐의 대화는 대수롭지 않았지만 다채로 웠다. 새싹 보리(유기농이라 강조하심)를 먹고 배가 쏘옥 들 어갔다는 할머니의 근황이나, 사돈의 십육 촌보다도 먼 할머 니 이웃의 손자가 서울에 있는 대학에 진학한 이야기, 혹은 일 일 드라마 〈태양의 계절〉(한 번도 본 적이 없음)의 오태양이 복수를 시작했다는 어마어마한 이야기 등을 경청하며 나는 동원 방청객이 울고 갈 만큼의 리액션으로 그녀의 마음에 작 게나마 보답했다. 우리가 서후를 면회하느라 자리를 비우는 날에는 앞좌석 등받이에 주차권을 곱게 붙여두고는 아쉬운 마음으로 발걸음을 돌리셨다.

우리가 그렇게 한 달에 네 번씩 서로의 안부를 나누며 지낸 것이 무려 일 년이 훌쩍 흘렀다. 처음엔 따님의 상태에 대해 궁금증을 갖는 것이 조심스러웠다. 자연스레 할머니에게 일상으로 스며들었을 현실을 복기하는 것 자체가 그녀에게 어마어마한 힘이 필요할 것 같아서 이기적인 궁금증 따위는 내던졌다. 그러다 보니 어느 순간 잊고 말았다.

그녀 또한 아픈 자식의 엄마임을 말이다.

나의 무사한 하루가 할머니의 하늘이 무너지는 날이 되어버린다면, 할머니가 무사한 어떤 날이 나의 하늘이 무너져버리는 날이 된다면, 그렇게 우리가 함께한 월요일 오후를 잃게 된다면 나는 또 한 번 눈을 질끈 감고 나의 하루를 살아갈 테지만, 그녀에게 하지 못한 한 마디에 내내 후회하게 될 것이라는 생각에 용기를 냈다.

"어무니! 많이 힘드시죠…."

"뭘 힘들어~ 나는 내 손으로 밥도 먹고 걸어댕기고 다 하잖어~"

"마음이요. 어무니 마음."

"마음? 아기 엄마 그런 말 하니까 노인네 눈물이 날라 그러네? 어이구 주책이여~ 그래도 나는 우리 딸내미 살아 있는 게 좋어. 같이 있잖어유~ 약 받으러 오는 것도 나는 얼마나 행복한지 몰러~ 죽으면 약도 안 줄 꺼 아녀~"

"아기 엄마! 엄마는 아주 일등으로 강한 거여! 밥 많이 먹어! 아기 엄마는 늘씬해서 새싹 보리는 안 먹어도 되겠네~"

"힘…내셔요!!"

네 글자를 뱉어내고 나니 숙명과도 같은 우리의 이별이 한결 나을 것도 같았다.

요즘은 무슨 드라마에 빠져 계실까….

고등어 반찬

♦ ❀ ☀

중환자실 병상에 오래 누워 있는 환자는 마약 진통제 성분 때문에 섬망 증세가 오는 경우가 대부분이다. 쉽게 말하면 인지 기능이 저하되어 환각을 보기도 하고 폭력적이 되기도 하는데 이곳에서 나가 가족의 보살핌을 받으면 금세 치료가 된다고 한다.

그 어느 날의 8번 할머니는 수시로 "여기 일꾼이 모자라유! 김 씨! 영철아!" 하고 큰 소리로 외쳤고, 그 어느 날의 2번 여자 환자는 "사탕 그렇게 먹으면 이빨 다 썩어~ 이리 와~ 치카하러 가자!" 하고 허공에 대고 말했다. "우리 아들이 누군 줄 알고 나한테 이래! 너희들 내가 여기서 나가면 다 가만 안 둬!" 한다거나 "내가 고등어를 사러 가야 되는데! 장을 봐야 되는

데! 그래야 아덜 밥을 차려줘~" 하기도 했다. 침대에 앉아 바쁘게 몸을 움직이며 지금 밥상을 차리는 중이라며 간호사들에게 시도 때도 없이 "밥 먹었우?" 하고 말하기도 했다.

처음엔 그런 광경이 낯설고 무서워 눈을 힐끔거리기도 했지만 어느덧 모든 것에 익숙해져 가만히 듣고 있자면 모두들 각자가 살아온 삶의 한 조각을 들여다보고 있는 것 같았다. 그것을 과연 환각이라고 할 수 있는 것일까. 농사가 한창인 논밭의 광경은, 아이가 막대사탕을 물고 있는 모습은, 아들에게 차려주던 고등어가 올려진 밥상은, 그들이 잊지 못하는 기억의 파편들이었다. 한 프레임 안에 담을 만큼 짧지만 숱한 세월이 흘러도 잊히지 않을 만큼 강렬하게 각인된 기억. 그런 할머니에게 일꾼을 보내줄 테니 염려하지 말라고 말해 준다면, 한숨 푹 주무시고 고등어 사러 가시자고 말해 준다면, 밥을 아직 못 먹어 배가 많이 고프니 맛있는 것 좀 해달라고 말해 준다면 잠시나마 편안히 단잠에 빠질 수도 있지 않을까 하는 생각을 했었다. 잠에서 깨어나 또다시 고등어를 찾을지언정 말이다. 하지만 이곳은 그만큼의 차분한 보살핌을 하기가 여의치 않고, 누구라도 당장에 숨을 거두어도 이상하지 않은 곳이라는 것을 나는 어느새 알아가고 있었다. 그중의 한 명이 서후라는 것 또한 말이다.

누군가는 큰 소리를 내며 당신이 살아온 삶의 한 단락을 보여주지만 다른 누군가는 인공호흡기에 의지하여 몇 시간이 흘렀는지, 며칠이 지났는지 알지 못한 채 무력하게 살아지고 있다. 그분들을 곁눈질로 바라보며 그렇게라도 살아야 하는 걸까, 그 편이 과연 더 나은 걸까 생각하는 것은, 이렇게라도 너를 살게 하는 것이 너를 위한 일인지, 내가 그것을 결정할 자격이 있는지 생각하는 것과도 같아서 나는 서둘러 생각을 멈추었다.

오늘도 이곳에서는 모두가 머리를 조아리는 흰 가운을 입은 사람들과, 파란 유니폼을 입은 간호사들, 과거에 어떠한 삶을 살았던 간에 같은 면적을 차지하고 같은 옷을 입고 같은 시간에 밥을 먹는 '환자'들이 얽히어 하루를 살아간다. 하루에 두 번 '보호자'들이 들어와 제한된 시간 안에 바삐 환자의 온몸을 어루만지고, 그마저의 시간도 허락되지 않은 누군가는 알 수 없는 또 다른 누군가를 그리워하며 괜스레 조금은 더 외로울 하루 두 번의 시간을 보낸다. 밤낮으로 켜 있는 형광등 아래서 잠을 청해야 하고, 방금 전까지 눈을 맞추었던 옆 침대의 사람이 다음 날 숨을 거두는 것을 덤덤하게 바라볼 수밖에 없는 그들은 이곳이 죽을 만큼 싫을 테지만 다른 선택지는 그 어디에도 존재하지 않는다.

그렇게 이곳은 해와 달이 얼굴을 내미는 것과 관계없이 오늘도 내일도 흘러간다.

오늘도 5번 베드 할아버지의 고함 소리를 들으며 서후에게 갔다. 그럴 때면 서후의 모습이 유난히 더 고요해 보인다. '서후도 엄마가 보고 싶다고 울고불고 떼를 써준다면 얼마나 좋을까.' 하는 생각 따위는 내 머릿속을 부유하기 전에 서둘러 던져버린다. 그리고 서후의 귀에 바짝 다가가 말한다.

"우리 서후~ 이렇게 의젓해! 형아 돼서 그런가? 우리 서후가 제일 어른이네!"

언제부턴가 서후에게 기다린다는 말은 하지 못했다. 그간

에 서후의 마음도 자라났을까 봐, 기다리는 엄마를 위해 조급

해하며 애쓸까 봐, 그게 마음대로 되지 않아 또 힘이 들까 봐,

그러지 않아도 버거울 서후에게 기다린다고 말하지 않았다.

보호자

◆ ❋ ☀

집중치료실에 들어오는 환자들은 거의 대부분 응급실을 거친다. 응급실에서는 병원 이름이 새겨진 비닐 가방에 환자가 입고 온 옷을 구겨 넣어 보호자에게 주는데, 그 가방을 지니고 있는 사람이 눈에 들어오면 새로운 환자가 들어왔다는 것을 알 수 있다. 보호자들은 그 가방을 베개 삼아 바닥에 누워 잠을 청하기도 하고, 그것을 품에 안고 울기도 한다. 그들이 누렇고 뚱뚱한 비닐 가방을 어떤 용도로 사용하는지에 따라 그들이 지켜야 할 대상의 '상태'를 가늠하기도 했다. 2018년의 어느 날, 우리가 받은 비닐 가방에 들어 있던 서후의 주황색 줄무늬 내복은 온갖 약품으로 젖어 있었고 상의의 앞면 중앙에 가위가 지나간 자리가 눈에 띄었다. 옷을 가위로 잘라낼 만큼 위급했던 상황에, 차가운 냄새가 나는 날카로운 도구들이 난무하는 곳에서, 눈에 익은 얼굴을 가진 사람을 단 한 명도 볼 수 없었던 서후는 그 상황을 어떻게 견뎌냈을지, 얼마만큼 무서웠을지. 나는 잔뜩 젖은 익숙한 옷가지를 품에 안고 무력하게 목 놓아 울어야 했다.

처음 이곳에 자리를 잡게 되는 사람들은 아직 온기가 남아 있을 옷 뭉치를 끌어안고는 모든 것이 얼떨떨하기만 하다. 면회 시간이 되어 내 식구의 몸 이곳저곳에 달린 장치와 기계들을 보고 와서야 현실을 직시하고 훌쩍훌쩍 눈물을 훔치다가 도무지 슬픔이 가라앉지 않는지 소리 내어 울곤 한다. 그 어떠한 모양의 울음도 이곳에서는 허용이 된다. 이곳에서의 울음소리는 다른 무엇보다 자연스럽다. 그래서 나는 이곳의 공기는 수분을 조금 더 많이 머금고 있지 않을까 하는 생각을 해보기도 했다. 나도 한몫했겠지만 말이다.

몇 개의 낮이 지나고 나면 그들은 휴대폰을 꺼내 다른 이들의 삶을 염탐하기도 하고, 또 몇 개의 밤이 지나고 나면 비로소 한 번씩 웃을 수 있는 여유도 생긴다. 시간이 주는 힘이 아닌가 한다. 의사와 보호자의 면담이 보호자 대기실 한편에서 이루어지기도 하는데 누군가는 "감사합니다. 정말 감사합니다." 하며 의사를 향해 90도로 몸을 굽닐고, 누군가는 가슴팍을 부여잡고 바닥에 주저앉아 발버둥을 치며 내 눈물까지도 끌어낼 만큼 슬픈 소리를 낸다. 희비가 교차하는 모양새가 안타깝다 느껴지고, 이곳에서마저도 예외가 아닌 '세상의 불균형'이 야속하기만 하다.

밤이 되면 소수의 사람들이 맨바닥에 돗자리를 깔고 잠을 청한다. 의자와 의자 사이의 공간, 수많은 보호자들의 발길이 닿았던 곳, 그곳이 비로소 잠시 몸을 눕힐 자리가 된다.

하루빨리 간 이식자가 나타나기를 기다리는 이의 딸,

전기 작업 중 감전되어 심장이 멈췄다 소생한, 퇴직을 앞둔 남자의 아내,

다음 날 아이의 돌잔치를 앞두고 의식을 잃은 여자의 남편,

출산 중 과다 출혈로 생사를 넘나드는 이의 동생,

젖 한 번 물려보지 못하고 작은 몸에 온갖 주삿바늘을 꽂게 된 아기의 엄마.

한 공간 안에 누워 하염없이 흐르는 눈물을 닦아내고는 잠시라도 고통에서 벗어나고자 잠을 청하는, 잠에서 깨어나면 이 모든 게 부디 꿈이기를 바라는, 누군가를 사랑하게 되어 둥글게 행복했으나 또 모질게 아픈, 여기 모든 이들의 이름 세 글자.

　우리는 보.호.자.이다.

3

◆
✽
☀

슬픔 뒤에 웃음

0.5cc의 기적

◆ ❈ ☀

"엄마가 먹고 힘내야 서후도 일어나지! 얼른 먹어!"

지치지도 않고 나를 쫓아다닌 한 문장이다. 그렇기에 나는 먹어야 하는 시간엔 최선을 다해 먹었고 그만큼의 물리적인 힘을 냈다. 나의 저작 운동으로 인해 안도하는 사람 위로 서후에게 한 숟가락이라도 더 먹이기 위해 고군분투하던 내 모습이 투영됐다. 나는 보호받고 있었다.

그들이 사다 나르는 먹을거리들을 열심히 먹어 치웠다. 서후를 번쩍번쩍 들어야 할 때에도 몸에 힘이 필요했고, 가끔 시원하게 울어버릴 때에도 울어낼 힘이 필요했다. 매일매일 반복되는 의사의 설명에도 그것을 이해할 힘이 필요했고 나를 위로하고자 찾아오는 이들에게도 위로받을 수 있는 힘이 필요했다. 그 모든 힘을 자식에 대한 본능적인 사랑의 힘, 모성애 하나로부터 끌어오기에는 틀림없이 한계가 있어서 나는 열심히 먹었고, 약의 보조를 받아서라도 잤다. 틈틈이 읽었고, 수다스럽게 떠들었으며, 죄책감 없이 웃었다. "너는 아픈 애 엄마 같지가 않아."라는 말을 들었을 때에는 '아픈 애 엄마는 어때야 하는데?'라며 따져 묻기보다는 "그래? 나 몸무게도 늘었어. 웃기지?"라며 솟아 오른 아랫배를 힘껏 내밀었다.

서후는 45일간 중심 정맥을 통해서만 영양을 공급하다가 우리 나름의 안정기에 들어선 후에 콧줄을 통해 유동식 섭취를 시도했지만 3주 만에 흡인성 폐렴으로 이어져 또다시 '금식'이라는 글자가 따라붙었다. 한 달 가까이 위를 사용하지 않았을뿐더러 모든 시간을 누워 살다 보니 위장 기능이 원활하지 못한 탓이라는 것은 나의 생각일 뿐, 의료진은 이 또한 뇌의 기능에 따른 당연한 결과라는 말을 반복적으로 전했다. 빌어먹을 뇌 기능 따위 영역이 대체 어디까지인지 그 누구도 명쾌한 답을 내놓지 못하는 것에, 서후의 몸에서 기능하는 배설이나 체온 조절, 성장 따위의 것들은 뇌의 영역이 아니었고 기능하지 못하는 것은 뇌의 영역으로 치부되는 것에 가슴 어딘가가 턱턱 막혔다. '이 애는 뇌가 망가졌어요. 모조리 다 망가졌어요. 그래서 아무것도 할 수 없어요. 그러니 욕심내지 마세요.' 하고 말하는 것만 같아 나는 또 울어낼 힘을 충전했다.

그렇게 보름 후, 다시 유동식 공급을 시도했고, 그 후로도 수도 없이 시작과 끝을 반복했다. 의료진은 더 이상 음식을 섭취하는 것은 얻는 것보다 잃는 것이 많을 것 같으니 당분간은 주사제로 영양을 공급하자는 결정을 내렸다. 뜨끈한 소고기 뭇국을 먹이겠다는 것도, 서후가 엉덩이를 들썩일 만큼 좋아하는 자장면을 먹이겠다는 것도 아닌데 고작 캔 안에 들어 있는 저 액체 한 줌도 소화를 못 해주는 것에 속이 상했다. 하지만 그 대상은 아무런 죄가 없는 작은 몸뚱어리였다. 그 사실에 이러지도 저러지도 못하는 나는 언제나 천장을 향해 있는 서후의 배 위에 한쪽 뺨을 가져다댔다.

"밥 먹어야지. 밥 먹어야 돼. 밥 먹어야 살아, 서후야. 밥 먹자 우리. 서후 밥 먹으면 엄마가 서후 좋아하는 스티커 붙여줄게. 응? 제발 서후야."

서후의 몸속 이곳저곳에서 출발한 실오라기처럼 아주 미세한 소리들이 내 귀에 닿았다. 살아 있다고 소리치는 것 같았다. 상체의 앞면을 감싸 놓은 노란색 스트라이프 내복이 눈물로 젖어 둥그런 원을 그렸다. 서랍을 열어 찹찹한 새 내복을 꺼냈다.

가을비가 내리는 날이었다. 간식거리를 사러 편의점으로 가는 길에 테이블이 몇 개 없는 소규모의 만둣집 앞에서 걸음을 멈췄다. 엄마와 아이가 유리 벽면과 가까운 자리에 앉아 있었는데 아이의 앞머리 모양이 서후와 같아 무엇에 홀린 듯 한참을 들여다보았다. 서후 또래 남자아이가 근거리에 있기만 해도 눈을 질끈 감는 나인데 그날은 왜인지 그 모습을 가까이에서 더 보고 싶어 만두가게로 들어가 자리를 잡았다.

젓가락을 크게 벌려 만두 하나를 집어 입안으로 넣어 우걱우걱 씹었다. 따뜻하고 맛있었다. 옆 테이블의 그 아이가 무언가를 조르느라 얼굴을 쭉 내밀고 몸을 흔들어대니 엄마로 보이는 사람이 본인의 휴대폰을 물통에 기대어 세워주었다. 잠시 후 아이가 고사리 같은 손가락으로 이곳저곳을 터치하니 익숙한 음악이 흘러나왔다.

"힘들고 아플 때는 피자가 필요해~ 우리도 피이이잣 만들 수 있지~ 다 같이 만들어서 더 맛있는 피자~ 언제나 즐겁지잇 ~ 피자 만들기~"

서후의 최애 만화인 〈다이노 코어〉의 피자송이었다. 그 노래를 따라 부를 때면 팔오금을 접어 작은 손바닥을 하늘을 향하도록 펼치고는 피자의 도우를 돌리는 시늉을 하곤 했다. 그 모습이 어찌나 진지한지 노래가 끝나면 나는 "사장님~ 저도 피자 한 판 주문이요~" 하며 장단을 맞췄다. 그 모습을 떠올리다 보니 다이노 코어 장난감을 사준 날이 떠올랐다. 장난감을 선물 받고 잔뜩 신이 난 서후를 카시트에 태우고 운전석에 올라탔다.

"엄마! 나 엄마가 디세이버 사줘서 점말 햄복해!!!"
"서후는 엄마가 장난감 사줄 때만 제일 행복하지?"
"응! 나 그거가 제일 햄복해! 엄마는?"
"엄마가 언제 제일 행복한 것 같아?"

"나가 밥 많이 먹을 때!!!!"

"오오오~ 어떻게 알았지? 엄마는 서후가 밥 많이 먹으면 제일 행복해!"

"그러면 이 서후가 오늘 밥 많이 먹을게!!!!!!"

다섯 살이 된 서후에게도 내 손으로 밥을 먹였었다. 유독 먹는 것에 관심이 없고 체력이 약한 아이의 엄마에게는 올바른 식습관보다는 건강이 우선이었다. 단 한 숟가락이라도 더 먹이기 위해 밥그릇을 들고 집 앞 놀이터로 나갔고, 원하는 것을 규칙 없이 들어주었으며, 저자세로 애걸하고 때로는 위협적으로 화를 냈었다. 그랬던 내가 어느새 서후가 먹지 못하는 현재의 상황을 받아들이며 누구보다 빠르게 적응하고 있다는 생각이 밀려왔다. 두 줌씩 모래를 끌어오며 아슬아슬하게 깃발을 세우는 모래성 게임처럼 서후에게서 한 줌 두 줌씩 무언가를 포기하고 오로지 살아 있는 것에 의미를 두고 있었다. 절대 포기하지 않겠다고 했지만 '절대'라는 두 글자 정도는 진즉에 흘려보낸 게 아닌가 하는 생각이 밀려왔다.

이튿날, 오전 면회 시간이었다. 주치의 교수님이 전공의

두 명과 회진을 오셨고 간단한 진료 후 비닐 가운을 벗고 나가는 그녀를 급히 쫓았다.

"교수님. 저기… 서후 밥 주시면 안 될까요? 사람이 안 먹고 어떻게 살아요. 진짜 조금만이라도… 주시면 안 될까요…"

"서후 엄마, 서후는 먹더라도 열량을 채울 수 있을 만큼 먹을 수도 없어요. 다행히 정맥으로 유지하는데도 간수치가 문제가 없는데 뭐하러 위험한 시도를 해요. 지금도 유지 잘되니까 그냥 이대로 갑시다."

"한 시간에 0.5cc만 주세요. 그렇게 하루에 10cc라도 주세요. 교수님, 제발요."

그렇게 9월의 마지막 날을 하루 앞둔 날에, 콧줄을 통해 한 시간에 0.5cc의 유동식이 서후의 위로 떨어지기 시작했고 진보와 퇴보를 수도 없이 반복한 끝에 서후는 2년 후, 한 시간에 150cc의 유동식을 너끈히 소화했다.

나는 서후를 '절대' 포기하지 않았다.

잘 먹고 힘내요, 우리!

◆ ❊ ☀

여름이 가고 슬슬 한기가 느껴진다 싶으면 민찬이 엄마는 과도를 야무지게 쥐고 매끈한 생밤을 까기 시작한다. 벗겨진 밤 껍질이 검은 비닐봉지에 툭툭 떨어지고 알맹이는 고이고이 한데 모아지지만 최종 목적지인 주인의 식도를 통과할 수는 없다. 걸음이 불편해 매번 면회 시간에 늦고 마는 할머니가 50세가 넘은 아들을 위해 싸 오는 검은 비닐 안의 떡도, 웬만한 의대생보다도 의학 용어에 익숙한 여자가 딸을 위해 우려 온 돼지감자 물도 주인의 입으로 들어가지 못한다. 내가 편의점에 갈 때마다 괜스레 계산대에 올리는 마이쭈처럼 말이다. 그 사실을 알면서도 우리는 면회 시간에 맞춰 아이가 좋아했던 생밤을 까고, 비닐봉지 안에 떡을 담아 오며, 돼지감자를 정성스레 우린다. 관성에 몸을 맡겨 우리가 해오던 것들을 유지하면 어딘가 평안해지는 구석이 있기 때문이다.

민찬이는 서후가 병원 생활을 시작한 지 1년 하고도 3개월 후에 응급실을 찾았고 끝내 중환자실 침대 하나를 차지했다. 체구가 작은 민찬 엄마는 유난히 머리카락 색이 밝아 눈에 띄기도 했지만 중환자실의 보호자로서 거쳐야 하는 감정의 단계를 거스르는 모습에 자꾸 눈길이 갔었다. 인간이 죽음을 수용하기까지 '부정 → 분노 → 타협 → 우울 → 수용'의 단계를 거친다는 글을 읽은 적이 있는데, 별안간에 중환자의 보호자가 된 사람들이 겪는 감정과 비슷하다고 느꼈다. 그 단계 중 어느 곳에 더 오래 머무르느냐 정도의 차이는 있지만 그 모두를 건너뛰어 마지막 단계에 힘을 쏟는 그녀를 보며 모성애로부터의 승부욕을 느꼈다. 오전 면회 시간이 가까워지면 그녀는 케어에 필요한 물품들을 넣은 노란색 모래놀이통과 이불 더미를 끌어안고 있다가 문이 열림과 동시에 민찬이를 향해 뛰었다. 그리고 이내 낡은 세탁기 돌아가는 듯한 소리가 들려오는데 폐렴으로부터 아이를 구하기 위해 엄청난 속도로 민찬이의 가슴팍을 두드리기 때문이다.

걷고, 말하고, 숨 쉬는 또래 아이들의 성장 과정은 더 이상 궁금하지 않았다. 이제 서후는 조금 다르다는 것을, 아니 살아 있다는 것 말고는 같은 점을 찾기조차 힘들다는 것을 받아들이는 데까지 짧지 않고 쉽지 않은 시간이 필요했지만 나를 비롯한 누구에게나 받아들일 수 있는 힘이 있다는 것을 이곳에서 알았다. 민찬이가 궁금했다. 그러던 어느 날, 민찬 엄마가 내 자리에 몇 개의 귤과 간식거리를 쪽지와 함께 가져다 놓은 것을 보았다.

《서후 엄마! 잘 먹고 힘내요. 우리!》

고작 몇 글자로 이루어진 쪽지를 꽤 오랜 시간에 걸쳐 읽었다. '우리'라는 두 글자가 주는 힘은 흔들바위도 밀어 추락시킬 수 있을 것 같았다. 나는 그 쪽지를 서후 머리맡에 붙여두었고 서후에게도 엄마에게 친구가 생겼다는 말을 전했다.

민찬 엄마는 내가 사는 세상에서 사귄 꽤 힘이 되는 친구였다. 서후보다 두 살이 어린 민찬이는 서후와 거의 같은 약과 기계의 힘을 빌려 살아졌다. 갑자기 경기를 일으켜 응급실로 달려왔고 내일이 되면 괜찮을 거라는 의사의 진단이 있었지만, 다음 날 아침, 아이와 더 이상 눈을 맞출 수 없게 되었다. 그녀가 사진첩을 열어 보여주는 찬란한 민찬이의 모습을 나는 최선을 다해 들여다보며 무사하던 시절 아이의 습관이나 좋아했던 것들에 대해 듣곤 했는데 그 시간엔 그녀의 눈이 생기를 찾았다. 우리는 올이 풀리지 않는 와이거즈에 대해, 발뒤꿈치를 욕창으로부터 보호해 줄 알레빈 힐에 대해, 인공호흡기 회사의 새로 나온 벤틸레이터에 대해, 새로 연구된 뇌 과학에 관한 기사에 대해 신나게 공유했다. 내가 터득해 온 것들을, 그녀가 터득해 가는 것들을 아낌없이 나누었다. 그 모든 것은 우리의 아이들이 지금의 모습에서 한 톨이라도 덜 망가지기 위한, 하루를 더 살아내기 위한 방법이었다. 우리는 서로가 때때로 웃는 이유를, 때때로 우는 이유를 굳이 말하지 않아도 조금은 알 것 같아서 기쁨과 슬픔을 함께 넘나들었다.

그녀는 병원의 의사나 간호사들과 다툼을 하는 일들이 적잖았다. 아이에게 해가 될 거라고 생각하는 것은 철저하게 거부했고, 필요하다고 느끼는 것은 날을 세우고 얻어냈다. 인공호흡기를 달고 있는 서후가 있어야 할 곳은 중환자실이라고 당연하게 생각했던 나와는 달리 그녀는 민찬이를 그곳에서 데리고 나와 본인이 직접 아이를 보살필 궁리에만 빠져 살았다. 모두가 그 무모함이 아이에게 해를 끼칠 거라는 예상을 했지만 거의 우격다짐으로 엄마와 함께 지내기 시작한 민찬이는 피부 발진으로부터 해방되었고 폐렴도 소화 능력도 하루가 다르게 좋아졌다. 민찬이가 일반 병실로 전실한 첫날, 말로만 듣던 민찬이를 가까이에서 보았다. 하염없이 눈물이 흘러나와 아이에게도 아이의 엄마에게도 미안하다는 말을 되풀이했다. 민찬이를 안아봐도 되냐고 물었고, 정성을 다해 안아주었다.

"민찬아, 서후 형아 아줌마야. 민찬이가 이렇게 예쁘게 생겼구나. 사진에서 본 것보다 더 예쁜데? 아, 참! 서후 형아 집에 자동차가 엄청 많아. 나중에 꼭 놀러 와. 알겠지?"

나는 민찬이의 편안한 얼굴을 보며, 언제든 아이를 만질 수 있는 그녀를 보며 나도 서후와 함께하겠다는 용기를 냈다. 그녀가 아니었다면 언제든 서후에게 남편과 나의 목소리를 들려줄 수도, 서후의 마지막을 함께할 수도 없었을 것이다. 영화 〈마더〉에서 배우 김혜자 님이 새끼를 지키는 짐승의 어미와 같은 마음으로 연기했다는 인터뷰를 본 적이 있다. 그 사나운 짐승의 목적은 단 하나, 새끼를 지키려는 마음이다. 그녀는 싸움닭이다. 본인이 살기 위해서는 아이가 살아야 했다. 그래서 목숨 걸고 싸웠다.

일곱 살이 된 민찬이는 엄마와 함께 집에서 지내고 있다. 의료 기기로 가득 찬 그들의 집은 병원을 방불케 한다. 그녀는 24시간 아이 곁에 머물며 때가 되면 가래를 뽑고 유동식을 주입하며 욕창으로부터 아이의 몸을 지킨다. 그리고 수시로 말한다. 사랑한다고. 엄마가 민찬이 옆에 있다고.

나는 이 글의 마지막 문장을 앞두고 민찬 엄마에게 메시지를 보냈다.

《민찬이도 민찬 엄마도 잘 있어요? 맛있는 거 사 들고 놀러 갈게요! 같이 밥 먹어요. 우리!》

그녀는 내가 본 가장 멋진 엄마이자 싸움닭이다.

선나쑬 할아버지

◆ ❈ ☀

외숙이라는 이모는 외갓집에서 태어난 여성이라 외숙이고, 우리 시어머니는 갑신년 두 시에 태어나서 갑둘이고, 우리 아빠는 낙자 돌림에 술(戌)시에 태어나서 낙술이다. 아빠가 오(午)시에 태어나지 않아 정말 다행이다. 서후는 할아버지를 부를 때 항상 성을 붙여 '선나쑬 하라버지~' 하고 부르곤 했다. 그러던 어느 날, 서후가 대뜸 할아버지 앞에서 "할아버지는 술을 많이 먹어서 선나쑬이에요?" 하고 묻는데 '그런 말 하는 거 아니야.'가 아닌 "오~ 우리 아들 천재."라는 대답이 흘러 나왔다. 나의 아버지는 대단한 애주가이고 그래서 별수 없이 나도 애주가이고 그리하여 우리는 애주가 부녀이고, 결론은 옛말에 "술 좋아하는 사람 치고 나쁜 사람 없다더라."(응?). 우리 아빠는 농업 박사다. 인삼 약초를 연구하셨고 퇴직 후 일흔이 넘

113

은 연세에도 농업 기술을 전파하기 위하여 전국 방방곡곡 강의를 다니신다. 얼마 전, GMO에 관해 이해가 가지 않는 부분을 박사님께 여쭤봤더니 굳이 다리까지 꼬아가며 열강을 시작하셨다. 그런 아빠의 등 뒤로 아빠가 집에서 키우는 식물이 죽어가고 있었다.

선나쑿 할아버지는 서후에게 친구와 다름없다. 엄마처럼 짜증을 내지도 않고 아빠처럼 장난감을 그만 사야 한다고 하지도 않는다. 새로 생긴 장난감을 자랑할 대상이고 엄마 아빠 몰래 초코과자를 잔뜩 사주는 존재다. 목욕을 끝내고 알몸으로 달려가 할아버지 앞에 서면 수건의 끝과 끝을 잡아 머리를 탈탈 쳐가며 물기를 털어주는데 그것 또한 놀이인가 싶어 두 손으로 배를 움켜쥐고 웃어댄다. 서후의 첫 어린이집 운동회 때 지구 한 바퀴를 뛸 기세로 운동복을 차려입고 나타나신 아빠의 가슴팍에는 '이서후 할아버지'라는 이름표가 붙어 있었다. 매일같이 서후의 입에서 듣는 '할아버지' 네 글자를 새삼 실감하게 되는 순간은 왜인지 뭉클한 구석이 있었다. 운동회에는 우리 엄마, 아빠처럼 원생들의 할머니, 할아버지가 다수 참석했다. 그 때문에 그들을 위한 종목이 준비되어 있었는데, 바로 낚시 게임이었다. 갈고리가 붙은 장난감 낚싯대를 바다색의 기다란 천 너머로 드리우면 물 한 방울 없는 바다 속에 쪼그리고 앉은 선생님들이 갈고리에 온갖 생활용품을 걸어 주었다. 분무기, 샤워 볼, 소쿠리, 수세미 같은 것들이었다. 아이들은 "우리 할머니, 할아버지 이겨라!" 하고 소리치며 방방 뛰었다. 서후는 할아버지가 무언가를 하나씩 건져 올 때마다 "우아! 엄마, 하라버지 잘한다!", "하라버지 체고!!!" 하고 요란을 떨었다. 그 모습에 사명감을 느껴서인지 아빠는 더욱 성큼성큼 걸어 낚시에 힘을 쏟았는데 그 얼굴에서 나는 본 적도 없는 어릴 적 낙술이의 모습을 보기도 했다.

한 여름에도 두 겨울에도

◆ ❀ ☀

나의 아빠는 한 달에 한 번 경기도 수원 지동시장의 영일
주단에 가서 소창 열 필을 사 온다. 소창은 바람이 슝슝 잘 통
하고 흡수율이 뛰어나다. 나의 칠십 살 아빠는 느린 걸음으로
걸어 소창을 펄펄 끓는 물에 팍팍 삶아 햇빛에 바삭하게 말린
다. 수분이 흔적 없이 공기 중으로 날아가고 나면 아빠는 그것
을 소독한 가위로 정확하고 일정하게 잘라 손톱만 한 주름도
용납하지 않고 다린다. 같은 크기로 자른 소창을 네 겹으로 겹
치고 반으로 접어 여덟 겹을 만들고 접힌 부분을 다시 한번 다
린다. 그런 다음 중앙에만 15cm 정도 폭의 방수용 종이를 네
겹 밑에 집어넣으면 17인치 크기의 천 기저귀가 완성된다.

마지막으로 역시 잘 삶아 세탁한 전용 보자기로 기저귀를

고이고이 감싸 신줏단지 모시듯 병원으로 옮기면 기저귀 탑이 순식간에 올라간다. 핸디 선풍기 바람을 잔뜩 쐰 기저귀는 보송함을 머금고 최종 목적지인 서후의 궁둥이 밑으로 들어간다. 기저귀는 다리 사이에 채워주는 게 일반적이지만 움직임이 없는 서후에게는 그저 엉덩이 밑으로 깔아준다. 선나쑬 하라버지가 한여름에도 두 겨울에도 뜨거운 불 앞에서 들통과 싸워가며, 새 다리미를 사달라고 시위를 해가며 만들어낸 기저귀를 모조리 쌓았다면 서후의 키를 훌쩍 넘겼을 것이다. 새하얗고 반질반질한 할아버지의 기저귀는 3년간 서후의 궁둥이를 내 얼굴보다도 더 뽀송하게 지켜주었다.

우리 집 셰프

◆ ❀ ☀

서후는 나의 아빠 나이 예순에 우리가 살고 있는 세상에 발을 내디뎠다. 또 서후는 아빠 나이 일흔을 앞두고 우리는 알 수 없는 세상으로 발을 내디뎠다. 서후가 햇빛을 보지 못하고 살아낸 시간 동안 나는 내 아이가 나를 떠나지 않도록 그 곁을 지켰고 아빠는 당신의 딸이 아빠 곁을 떠나지 않도록 그 곁을 지켰다. 아빠의 남은 시간이 유예 기간을 살아내듯 오직 나와 내 자식을 위해서만 꽉꽉 채워진 채로 그렇게 가고 있다는 것을 알았지만 모른 척할 수밖에 없었다.

아빠는 매일 아침 엄마를 자동차에 태워 일정한 시간에 병원에 오셨다. 팔팔 삶아 버석하게 말린 서후의 옷과 기저귀 더미, 점심 도시락을 양손에 들고 나타나서는 "서후 잘 잤어? 똥 많이 늦었어?"라며 변함없는 인사를 건네셨다. 그러고는 어제도 오늘도 서후의 작은 주먹을 시커먼 손으로 감쌌다. 새로운 빨랫감을 안고 돌아서는 길에는 서후가 아닌 나에게 매우 낮고 어눌한 톤으로 변함없는 한 문장을 내뱉으셨다.

"저녁밥 뭐 해다 줘어?"

아빠가 싸주는 점심 도시락은 여지없이 검은색 보냉 가방 안에 담겨 병원으로 온다. 제각각의 오래된 반찬통이 테트리스를 하듯 빈틈없이 쌓여 있고 가장 위에는 내가 학창 시절에 썼던 낡은 수저통이 올려 있다. 반찬통을 열면 제법 여러 가지 반찬이 담겨 있는데 자주 만날 수 있는 메뉴는 달걀말이였다. 스스로는 달걀말이라고 외치는데 당최 말린 곳을 찾을 수 없는, 어찌 보면 스크램블드에그에 가까운 그것은 아빠의 말투처럼 느린 속도로 진화했다. 점점 말리기 시작하더니 제법 몸에 곡선을 띠었다. 무엇보다 중요한 것은 몸뚱어리 안에 알 수 없는 것들이 추가되기 시작했다. 도대체 달걀말이 안에 뭘 넣은 거냐고 아빠에게 메시지를 보냈더니 금세 답장이 왔다.

《파프리카, 당근, 양파, 버섯, 감자, 브로콜리, 고추, 대파.》

그 정도면 달걀물이 무거워서 안 말리지 않겠냐고 답장을 했더니 또 금세 답장이 왔다.

《그른가? 근데 나는 암만 해도 백종원이처럼 안 돼.》

아빠는 백종원이의 가르침을 받아 하루가 다르게 요리 실력을 뽐냈다. 갈치조림, 김치전, 잡채, 갈비찜, 도토리묵 등등 오만 가지 음식들이 엄마와 나의 식도를 통과했다. 중요한 건 아빠의 모든 음식에는 통깨가 뿌려져 있었는데 어느 날은 그 어디에도 통깨가 보이지 않았다. 무슨 심경의 변화가 있었는지 궁금하여 아빠에게 전화를 걸어 물었더니 "아이고!! 내가 오늘 안 그래도 뭔가 계속 찜찜했어!!!"라며 천지개벽을 앞둔 사람처럼 안타까워하시는 통에 통깨 들고 뛰어올까 봐 종일 무서웠다. 엄마는 반찬통을 열 때마다 "네 아빠 같은 사람이 없어~" 하고 입버릇처럼 말하다가도 아빠에게 전화가 오면 당최 갈비가 질겨서 먹을 수도 없다며 핀잔을 주었다. 그냥 수학 공식 같은 거라고 이해해 버리고 나니 엄마의 양면성이 의

아해 보이지 않았다.

언젠가 친구가 그 시절의 우리 가족을 이야기하다가 아빠에 대한 말을 했다.

"야! 우리 아빠는 아직도 주방 근처에도 안 가시는데, 너희 아빠 대단한 거야."
"아니야. 우리 아빠도 서후 아프기 전에는 아무것도 못 했어."

무심하게 친구의 말에 대꾸하던 나는 다시 말을 이었다.

"그러네, 우리 아빠 아무것도 못 하던 사람이었네."

엄마의 아빠를 위해서라도 엄마가 조금 덜 아파하고 조금 더 힘을 내어 웃음을 가지고 살아가는 것을 서후가 이해해 주기를. 하지만 그것이 결코 아프지 않은 것이 아님을 알아주기를.

자식을 잃고 난 슬픔이 더없이 커 훗날 아빠를 잃게 되는 날에 그보다는 눈물을 덜 흘리게 될 것을 아빠가 이해해 주시기를. 하지만 그것이 결코 슬프지 않은 것이 아님을 알아주시기를.

통깨는 좀 적당히 뿌려주시기를.

바라본다.

호박 캐러멜

◆ ❊ ☀

병원 지하 2층에는 교회, 성당, 법당이 나란히 공존한다. 한순간에 병원이 나에게 집과도 같은 곳이 되어버렸을 때, 병원 이곳저곳을 샅샅이 뒤지다가 알게 되었다. 집안의 종교를 따라 자연스럽게 불자가 되었지만 무엇 때문인지 절에 가면 마음이 편안해짐을 느끼는 게 싫지 않아 다시 또 자연스럽게 더욱 불자가 되었다. 신은 견딜 수 있을 정도의 고통만 주신다고 들었는데 하루아침에 견딜 수 없을 만큼의 고통을 떠안고 나니 만나본 적 없는 그 신이 몸서리치게 밉다가도 도무지 의지할 곳이 없어 엘리베이터의 B2 버튼을 자주 눌러댔다.

법당에서 기도를 마치고 나오다 보면 성당에서 나오는 새언니를 만난다거나 교회에서 나오는 개그우먼 친구들을 마주치곤 했다. 그 사람들의 눈이 언제나 붉어져 있어서 나도 울었고, 새언니의 팔목에 천주교의 묵주와 불교의 염주가 함께 채워져 있어서 또 웃었다. 서후의 이야기가 모든 신께 닿았을 거라고 생각하니 마음 어딘가가 꽤나 든든했다.

지하 2층에 내려 법당으로 향하는 길에는 '뇌사자장기기증센터'라는 명패가 붙은 사무실이 있다. 순간 이동을 하지 않는 한, 이곳을 지나지 않고는 법당에 발을 디딜 방법은 없었다. 나는 그 옆을 걷는 동안 우리와는 상관없는 일이라고 되뇌면서 매번 눈을 질끈 감았다. 병원 내에 뇌사자 혹은 뇌사일 가능성이 큰 환자가 생기면 이곳에 근무하는 사람들이 보호자를 접선하기 위한 시도를 한다. 검은색 정장을 정갈하게 입은 그들은 보호자라는 사람에게 최대한 조심스럽고 세심하게 장기 기증 절차나 그것의 이로운 점에 대하여 설명을 한다. 그 거대하고 묵직한 것이 당사자가 아닌 보호자에 의해 결정된다는 것이 '보호자'라는 세 글자의 무게를 지구의 무게만큼이나 무겁게 만들어 버린다는 생각을 했다.

보호자 대기실에 앉아 있다 보면 장기를 기증 받아야만 하는 환자의 보호자들을 어렵지 않게 볼 수 있다. 그 때문에 그들이 나누는 대화 중에는 '뇌사자'라는 단어가 자주 흘러 나왔는데 그 육중한 단어가 '플라스틱'이나 '세탁기'와 같은 무게로 아무렇게나 공기 중으로 뱉어지는 것에 손끝이 차가워지고 가슴팍 부근이 뻐근해졌다. 인간은 모두 각자의 입장에서 살고 있다는 것을 절감했다. 전화 통화를 하면서 "뇌사자가 나왔대요!" 하며 기뻐 환호하는 사람을 보며 누군가의 죽음이 그에게 큰 기쁨이 되는 것에 소스라쳤고, 그 누군가의 가족이 울어낼 거센 울음을 생각하며 마른세수를 해댔다.

법당 입구에는 각자의 기도 내용을 짧게 적을 수 있는 노트가 놓여 있다. 병원 내에 있다 보니 대부분이 가족의 쾌유를 바라는 내용이 쓰여 있다. 나는 매일 아침 많은 이들의 염원이 담긴 노트를 지나 불단 앞에 작은 생수를 하나 올려두고 기도를 드린 후, 그 물로 서후의 얼굴을 씻겼다. 내 간절한 마음이 서후에게 닿기를 바랐다. 한번은 한여름 날에 기도를 끝낸 후 그 물을 고이고이 들고 3층으로 가는 엘리베이터를 탔는데, 몸이 성하지 않은 어르신이 뒤늦게 탑승하더니 엘리베이터의 난간을 한 손으로 붙들고 얼굴의 흥건한 땀을 닦아내셨다. 오늘만큼은 이 물이 서후의 얼굴에 닿기보다는 어르신에게 필요할 것 같아 권했더니 한사코 거절하셨다.

"아이구~ 됐어요. 요즘은 물도 돈 주고 사 먹는데 늙은이가 그걸 미안해서 어떻게 받나~"

"이거 하나 사면 하나 더 주는데 하나는 제가 먹고 남은 거예요. 들고 다니기 엄청 귀찮았는데~ 얼른 드세요~"

"그려요? 아이고 참, 그럼 잘 먹을게요~"

물을 받아 그 자리에서 벌컥벌컥 드신 어르신은 주머니를 한참 뒤지시더니 호박 캐러멜 두 개를 얹은 손바닥을 펼치셨다. 내가 감사하다고 말하며 두 개를 모두 집어 들자 어르신이 겸연쩍게 말씀하셨다.

"아니, 하나만."

어르신의 미소가 너무 온화해서 캐러멜 하나를 냉큼 어르신의 손바닥으로 다시 내려놓았다. 나는 껍질에 들러붙은 캐러멜을 뜯어내어 입안으로 넣고 신나게 서후에게 갔다. 병원 안에서도 내가 할 수 있는 일이 있다는 생각에 어찌나 신이 나는지 두 팔을 앞뒤로 세게 움직이며 걸었다. 더불어 어르신이 아끼는 호박 캐러멜을 오래오래 드실 수 있기를 바랐다.

엄마는 개구멍

◆ ❀ ☀

어린이집 버스에서 내린 서후가 가장 듣고 싶어 하는 말 중 하나는 '우리 슈퍼 갈까?'이다. 있는 힘껏 작은 발의 뒤꿈치를 들어 올리고, 고개를 쳐들어가며 '오늘은 무얼 살까?' 고심하는 시간은 하루 중 매우 행복한 시간이다. 그날도 서후의 작은 손과 내 큰 손을 포개고 아파트 단지 앞 슈퍼로 향했다.

"엄마! 엄마 개구멍이지? 내가 다 알아."

"뭐라고?"

"냠냠 선샌님이 그래써. 엄마 개구멍이지? 맞지?"

이게 대체 무슨 소린지 궁금해 담임 선생님께 전화를 걸었더니 어린이집 내 영양사 선생님이 서후에게 "서후 엄마 개그우먼이지?" 하고 말했단다. 개구멍은 차치하고 영양사 선생님의 호칭을 '냠냠 선생님'으로 창작했다는 것이 일단 참을 수 없이 귀여워 몸을 배배 꼬아댔다. 그런 내 모습이 우스웠는지 서후가 머리를 쳐들고 맑게 웃었다.

"서후야, 엄마는 개구멍이 아니고 개그우먼이야~. 따라 해 봐. 개! 그! 우! 먼!"
"개! 구! 멍!"

나의 개구멍 친구들과 보낸 시간도 어느덧 15년이다. 몇 몇은 가정을 이루어 살기도 하지만 대부분이 여전히 미혼 라이프를 즐기고 있다. 그들과 다신 없을 20대를 흥청망청 보내다가 내 나이 스물아홉에 별안간 결혼을 선언했다. '성유리'를 '승유리'라 발음하고 '가을'을 '가얼'이라 우기는 남자를 데려와 과연 사람 몸이 들어가질까 싶은 얄팍한 드레스에 몸을 구겨 넣었고, 나의 그녀들은 결혼식은 안중에 없이 와인을 처마셨다. 대체 결혼은 왜 자유를 앗아가는 건지. 나는 자연스럽게 그들과 멀어지게 되었고, 출산과 동시에 육아를 시작하고 나서는 '얘들아, 안녕. 빠이. 짜이찌엔.'

그렇다 한들 우리가 20대를 함께한 역사들은 지워지지 않고 지금도 우리의 기억 속에 단단히 자리 잡았다. 소개팅이나 미팅 자리에 개그우먼이 나타나면 상대 남자들은 초반에 엄청난 호감을 보이며 "저 재밌는 여자 진짜 좋아해요!" 따위의 말들을 하곤 한다. 그럼 우리는(나는) "에이, 개그우먼이라고 뭐 되게 재밌지는 않아요."라는 말을 던진다. 하지만 이내 무언가에 홀린 듯 분위기를 주도하려 애를 쓰고 누구 하나 눈이 풀릴 즈음에 가볍게 개인기를 선보이며 미팅 자리치고는 너무 과하게 (내)몸에 달린 것을 모조리 움직인다. 몸뚱어리 움직인 것에 반해 웃음이 적다면 그때부터 우울감이 밀려오며 불안함을 감출 길이 없다. 테이블에 텅 빈 녹색 병이 늘어날 때쯤 우리의 개그에 입 닫고 반달눈을 만들던 녀(ㄴ)들과 우리의 개그에 입이 찢어지게 웃던 노(ㅁ)들은 암묵적으로 짝을 이루고 어디에도 나의 노(ㅁ)이 없다는 사실을 알게 된다. 그 순간엔 주저 없이 수준급의 복화술을 선보인다.

'재밌따고 웃을 때는 언제고, 이 쇄끼들아…'

그러고 나면 그때부터는 빠른 속도로 혈중 알코올 농도를 높여 비로소 개(그)우먼이 된다. 연예인이라고 술값 계산하고 뭐 그러지는 않았다. 눈물 나니까 그냥 넘어가자.

어느 집단이나 그렇겠지만 코미디언 집단도 여성의 비율이 현저히 떨어지는 게 사실이다. 우리 22기 동기도 21명 정원 중 6명이 여자다. 그렇다 보니 우리는 남자들이 주축이 된 코너에 필요에 의해 투입되는 경우가 많고, 여자 코너는 힘이 부족하다는 인식 때문에 무대에 올리는 데 진입 장벽이 높은 편이다. 선배들의 그 어떠한 농담도 두 눈을 똑바로 뜨고 '다나까'를 잊지 않으며 재치를 한껏 담아 받아칠 줄 알아야 소위 이 바닥에서 살아남을 수 있을 것 같은 고루한 생각은 우리의 머릿속을 떠나줄 생각을 안 하기에 우리는 그에 상응하는 나름의 노력을 퍼부었다.

그렇기에 나는 꿋꿋하고 늠름하게 '초초초초초대박'을 터뜨린 여자 코너, '분장실의 강선생님'을 찬양한다. 너무도 짧았던 서후와의 기억을 잊지 않고 여전히 친구라 말해 주는 윤준의 엄마 정경미 님의 아이디어에서 출발하여 약 9개월간 대한민국을 들었다 놓았다 해도 과언이 아닌 '분장실의 강선생님'

은 여자 후배들에게 하나의 표본으로 자리 잡았다. 미처 10분이 되지 않는 시간을 위해 여자 네 명이 일주일간 열나게 머리를 굴렸고, 몇 시간에 걸쳐 피나게 온몸을 분장했다. 녹화 당일, 녹화장을 가득 메우는 관객들의 속 시원한 웃음소리는 하나뿐인 여자 대기실까지 닿아 모니터를 지켜보는 우리들의 심박수를 날뛰게 해주었다. 무대에서 내려오는 선배들의 기다란 콧수염이 휘날릴 때마다, 선배들의 옅은 미소에 수성 매직으로 칠한 시커먼 이가 드러날 때마다, 몸과 머리에 잔뜩 붙인 배춧잎이 바닥에 우수수 떨어질 때마다 나는 '개그우먼이 되길 참 잘했다.'는 생각을 했다.

'분장실의 강선생님' 첫 녹화가 있던 날, 관객들의 열렬한 반응에 모두가 이건 무조건 대박이라 확신했다. 선배들은 그 기쁨을 만끽하고자 녹화 분장 그대로 서울 청담동의 술집, 그것도 무려 펍(pub)으로 향했다. 그리하여 그녀들은 대한민국 최고의 개그우먼답게 가게 직원조차 존재를 잊을 정도로 구석진 자리를 안내받았고 그곳에서 그녀들은 썩은 치아를 환하게 드러내며 위풍당당하게 그 밤을 즐겼다.

눈부신 그들을, 존경한다.

좀 많이 멋진 친구들

♦ ❋ ☀

2018년, 서후가 탄 구급차가 사이렌을 울렸던 날.

중환자실이 위치한 병원 3층은 새까만 롱 패딩을 입은 여자들로 가득 찼다. 바닥에 주저앉아 흠뻑 젖은 얼굴로 같은 말만 되풀이하는 나의 발에 양말을 신겼고 양팔과 다리를 주물러댔으며 입에 물을 흘려 넣었다. "정신 차려!"라는 말을 되풀이했고 나를 품에 안았다. 내 엄마와 아빠의 상태를 체크했고 내 남편의 등을 토닥였다. 단체 카톡방을 만들고 서로의 스케줄을 체크해 그중 누군가가 반드시 내 곁을 지키도록 했고, 우리 가족의 매끼 식사를 챙겼다. 허리를 90도로 굽혀가며 의사에게 "잘 부탁드립니다."라는 말을 아끼지 않았고 비어 있는 우리 집을 청소했으며 핼러윈이나 어린이날에 경기도 일대의 보육원에 손수 만든 선물 세트를 서후 이름으로 전달했다. 명

절에는 병원으로 음식을 실어 날랐고 결국 서후가 열어보지 못한 선물들을 머리맡에 전달했다. 매년 내 생일에는 서투르지만 열정적인 깜짝쇼를 준비했고 각자의 공간 안에 서후 사진을 붙여놓고 매 순간 두 손 모아 기도했다. 그들은 바로 나의 개그우먼 동료들이었다.

서후는 〈공룡메카드〉라는 만화를 열렬히 좋아했다. 서후의 숭배를 받은 만화 속 '나용찬'이라는 캐릭터는 파란색 머리카락과 낭창낭창한 목소리를 가진 낙천적인 개구쟁이 소년이다.

어느 날, (전) 국민 요정 정경미 언니가 보낸 음성 파일이 도착했다.

《얼른 서후한테 들려줘 봐!!》

남편이 이건 서후에게 온 편지니까 서후가 첫 번째로 듣게 해주자고 제안했다. 우리는 궁금함을 억누르고 면회 시간이 되기를 기다렸다가 문이 열림과 동시에 휴대폰을 세게 쥐고 전력 질주했다. 서후 담당 간호사와 간단히 눈인사를 주고받고 서후를 와락 안았다.

"엄마 왔어, 서후야! 서후한테 편지 왔는데!!! 우리 같이 들어볼까?"

노란색 케이스가 씌워진 휴대폰을 서후 귀 가까운 곳에 올려 두고 재생 버튼을 터치했다. 대뜸 〈공룡메카드〉 오프닝 음악이 시작되더니 나용찬의 목소리가 들려왔다.

《서후야! 이서후! 나 나용찬이야! 으이~ 너 너무 많이 자는 거 아니야? 이제 일어나서 나랑 2 대 2 배틀 하자!! 〈공룡메카드〉 14회도 봐야지~. 아 맞다! 엄마가 캡슐클립도 사셨대. 으하하, 서후 좋겠는데? 서후야! 네 옆에는 엄마랑 아빠가 항상 함께 있으니까 무서워하지 말고 힘내야 해!! 나 나용찬도 너를 기다리고 있어!! 이서후!! 우리 일어나면 만나서 신나게 놀자!! 이서후!! 힘내!! 넌 할 수 있어!!!》

극 중에서 나용찬의 목소리를 맡고 계신 안현서 성우님을 수소문하여 간청 드린 끝에 서후에게 메시지를 보내온 것이었다. 나는 소리 없는 울음을 우느라 그만큼의 눈물을 더 쏟아냈고 남편은 벌건 눈과 콧물에 젖은 입술로 "우리 서후 좋겠다."라는 말을 반복했다.

나용찬의 목소리에, 큰 눈을 더 크게 뜨고 작은 발이 더 작아 보이도록 동동 굴렀을 서후가 이 반가운 음성을 듣지 못하고 있을까 봐 가슴팍이 저려 왔고 눈을 크게 뜰 수도, 발을 동동 구를 수도 없는데 정말로 듣고 있을까 봐, 그것이 서후를 더 고통스럽게 할까 봐, 그 사실이 너무 무서워서 가슴팍을 퍽퍽 두드려댔다. 둔탁한 소리가 났다.

그 와중에 휴대폰으로 메시지가 홍수처럼 밀려들었다.

《서후 들려줬어?》
《성현주 울어?》
《서후 앞에서 울지 마라!!!》
《선배님 울지 마요ㅜㅜ》

휴대폰을 집어 들어 젖은 화면을 옷에 쓱쓱 문질러 닦아내고는 답장을 썼다.

《왂씨 나용찬!!!!! 내 친구들 존멋!!》

정경미가 나를 지키고자 만든 단체 카톡방이, 김경아가 싸온 물이 많이 먹히는 도시락이, 장도연이 내 앞에서 들이켠 무수한 깡통 맥주가, 김민경이 보내준 양이 너무 많은 배달 음식이, 조승희가 우리 엄마와 나누어준 사투리 수다가, 오나미가 흘려준 시도 때도 없는 눈물이, 박소영의 앙칼진 마사지가 남긴 보라색 피멍이, 곽현화가 주었던 밑줄이 좍좍 그어진 중고 책들이

나를 지금껏, 살아 있게 했다.

우리가 비운 술병들이 테이블을 점유했듯,
내 친구들이 예능계를 점유하는 날까지,
좀 많이 멋진 친구들 파이팅이다!!

우리는 대한민국 개구멍이다.

위로받지 않은 시간

◆ ❋ ☀

서후를 돌보는 시간 외에 내가 유일하게 하는 것은 책 읽기였다. 짬짬이 무언가를 할 수 있는 시간적, 마음적 여유가 없기도 했지만 다른 세계에 머리를 파묻는 것이 절실하기도 했다. 마치 기갈이 든 사람처럼 책을 읽어댔다. 면회를 마치고 비닐 가운을 폐기물통에 넣음과 동시에 책을 펼쳤고 밥을 먹으러 가는 길에도 책을 읽으며 걸었다. 변기 위에 앉아서도 읽었고 다른 보호자의 가족이 임종을 맞는 순간에도 책을 읽었다. 그렇게 읽고 있으면 멈춰진 내 시간이 아주 조금은 발전적으로 흘러가고 있는 듯 안도가 되기도 했고, 내 몸 여기저기 숭덩숭덩 뚫린 구멍 어딘가가 메워지는 것 같기도 했다.

육체적으로 나에게 더 이상 힘이 남아 있지 않다고 느껴질 때면 빅터 프랭클의 『죽음의 수용소에서』를 펼쳐 들었다. '인간이 저런 환경에서도 살아지는데' 하고 생각하고 나면 이 정도쯤은 아무것도 아니라 느껴졌다. 그도 그랬듯이, 이 세상 안에서도 분명 성취욕을 느낄 무언가가 있을 것이라는 깨달음은 나를 의욕적으로 만들었다. 엘리자베스 스트라우트의 『올리브 키터리지』를 읽고 있자면, 결코 인간에게 시련이나 아픔의 총량은 없다는 생각을 하곤 했다. 정말 끝도 없이 무너지고 깨지지만 금세 회복해 버리는 그녀가 어딘가 살고 있을 것만 같은 상상은 꽤나 위안이 되었다. 권여선 작가의 소설집 『아직 멀었다는 말』 속 「손톱」의 주인공 소희도 만났다. 그녀를 찾아가 있는 힘껏 안아주고 나도 속 시원히 울어버린 후에 함께 입이 벌게지도록 매운 짬뽕 곱배기를 먹고 돌아오고 싶다는 생각을 했다. 박상영 작가의 『대도시의 사랑법』을 읽을 때는 과자 부스러기를 가슴팍에 흘려가며 키득키득댔고, 그 순간에는 나도 다른 사람들처럼 무탈한 일상을 살고 있는 것 같아서 괜히 발가락을 한 번 꼼지락댔다. 보호자 대기실에 앉아 SNS로 주변 사람들의 삶을 염탐하다 보면 여행지에 가 있는 친구들을 보곤 했는데, 그럴 때면 김민철 작가의 『모든 요일의 여행』을 집어 들었다. 이 책은 나를 언제든 지구 반대편까지 데려다 놓곤 했다.

채우는 것을 끊임없이 하다 보니 꺼내어 놓고 싶어졌다. 아니 어쩌면 사람이 그리웠는지도 모르겠다. 가능하다면 나를 모르는 사람으로. 그리하여 나는 시간과 위치 두 가지가 충족되는 독서 모임을 검색하기 시작했다. 그러다가 찾은 것이 '탐독'이라는 독서 모임이었는데 오후 2시부터 4시, 위치도 병원에서 10분 정도의 거리였다. 스케줄을 잘 조율한다면 한 달에 두 번은 참석 가능할 것도 같았다. 온라인으로 참관 신청을 위한 설문 조사에 답하기 시작했다. 첫 질문은 일주일에 책을 몇 권 읽습니까. 그렇지. 이거지. 자기애가 들끓어 올라 1주 3권 이상의 항목을 하이에나처럼 찾아 다녔지만 최대치로 주어진 것은 1주 1권이었다. 토론 중 사진 촬영에 동의하냐는 질문이 있었다. 망설였다. 분명 SNS에 소모될 그 사진에서 누군가가 나를 알아보고 '애가 아픈데 독서 모임을 해?' 하고 수군거릴까 봐 두려웠다. 나는 나 스스로에게도, 모두에게도 악착같은 엄마이고 싶었다. 내 인생 따위 저 멀리 내던져버린 엄마이고 싶었다. 그러면 서후가 조금은 덜 가엾을 것 같았다. 아픈 아이의 엄마라는 이유로 나는 왜 이렇게 움츠러드는 걸까.

죄인이 된 기분이 드는 걸까. 모든 사람에게 여지없이 위로받는 입장이 된다는 것은 한없이 작아지는 것과도 같았다.

첫 참관 날에는 남편에게 몇 해째 입지 못하고 있던 트렌치코트를 가져다 달라 부탁했다. "갑자기 코트는 왜?" 하고 묻는 남편에게 독서 모임에 갈 거라는 말은 차마 목구멍에 걸려 하지 못했다. 이 와중에 그런 곳에 간다는 게 부끄럽고 미안했다. 마른하늘에 날벼락을 맞고도 나는 달라진 게 없다고 느껴져 우울감이 밀려왔다. 모임 당일, 약속된 장소에 앉아 어색한 자세로 애꿎은 휴대폰만 들여다보았다. 대낮에 병원 밖 카페에 앉아 있는 것부터 일단 어색, 많은 사람들을 마주하고 있는 것이 2단 어색, 풀어 헤친 머리와 트렌치코트를 걸친 내 모습까지 3단 어색. 내 풀어 헤친 머리가 맞은편 창에 미칠 때마다 마치 그 모습이 갓 낳은 신생아를 집에 두고 성인 나이트클럽에 와서 맥주를 홀짝이고 있는 여자와도 같아 보였다. 그런 나라도 그들 중의 하나이고 싶었다.

책에 관한 토론이 시작되었다. 20대에서 50대까지 다양한 연령대의 사람들이 각자의 생각들을 거침없이 쏟아내는 모습이 생경했다. 이야기를 듣는 것만으로도 너무 흥미로운 나머지 내 현실을 잠시 잊게 되었다. 그 안에 파묻혀 함께 웃고, 생각하고, 입이 마를 만큼 떠들었다. 아무도 나를 딱하게 여기지도 위로하려 하지도 않는다는 것이 싫지 않았다. 이대로 모임이 끝나면 서후와 남편이 있는 집으로 돌아가 함께 저녁밥을 해 먹게 될 것만 같았다. 비록 와르르 깨져버릴 꿈이었지만, 그렇다고 믿는 순간만큼은 넘치게 행복했다. 그럴수록 나는 내 처지를 더욱더 들키고 싶지 않았다. 나에게 아이가 있는 것을 알게 된 사람들은 이따금씩 서후에 관한 질문을 해왔다.

"아이는 몇 살이에요?"

"여섯 살이에요."

"그럼 지금은 누구랑 있어요?"

"아빠랑 있어요~~"

"언제 데리고 오세요~ 보고 싶어요!"

"네~ 봐서 그럴게요."

그럴 때마다 내 안에는 여러 가지 감정이 얽히고설켰다. 그렇게 대답하는 순간엔 정말 그런 것만 같아 황홀하기까지

했고, 내가 반복적으로 거짓말을 하고 있다고 깨닫는 순간엔 상대의 눈을 똑바로 보지 못했다. 모임의 일원 중 한 명은 안정된 생활을 하는 내가 부럽다는 메시지를 보내왔다. 육아와 취미 생활을 수월하게 병행하는 모습이 이상적이라고 덧붙였다. 내가 아닌 나를 동경하는 사람의 메시지를 자주 들여다보았다. 그리하여 나는 또 질끈 묶은 머리를 풀어 헤치고 트렌치코트를 걸쳤다. 그리고 환상적인 거짓말들을 아무렇지 않게 늘어놓았지만 서후가 일반 병실로 이동하고 나서는 그마저의 시간을 낼 수 없었다. 자연스레 모임에 참여하지 못했고 적당한 핑계를 대며 매주 '불참-개인 사정'이라고 공란을 채웠다.

서후가 떠났다.

독서 모임의 몇몇 사람들이 서후의 장례식에 와주었다. 그들은 어안이 벙벙하여 내 눈을 똑바로 바라보지 못했고 나는 그제야 그들의 눈을 똑바로 바라보았다.

"우리 아이가 사실은 많이 아팠어. 아주 많이."

서후를 그곳에 데려가겠다는 약속을 지키지 못했다. 아니 어쩌면 지키지 못할 약속이었는지도 모르겠다. 한 달에 두 번, 누군가가 뱉어내는 말들을 경청하며 마신 시커먼 커피는 쓰지만 조금 더 달았고, 그들에게 위로받지 않은 시간들은 내게 방학 숙제 없는 여름 방학 같았다.

인생은 멀리서 보면 희극, 가까이서 보면 비극이다.

함께 있을 수 있어서

♦ ❀ ☀

지난밤 여간 잠을 설친 게 아니다. 오늘은 서후가 집중치료실에서 일반 병실로 이동하는 날이다. 코로나19 바이러스로 인해 면회가 어려워지자, 나는 서후를 일반 병실로 데리고 가겠다고 제안했다. 서후의 중증도는 생명 유지 장치가 필요할 만큼 높은 편에 속했기에 가족을 포함한 모두가 나에게 신중하게 결정하라는 조언을 아끼지 않았다. 나는 그들의 염려가 집도 절도 없는 사람에게 '품위'를 지켜야 한다고 말하는 것처럼 느껴졌다.

나에게는 신중함이라는 여유를 부릴 여유가 없었다. 아무것도 할 수 없는 나의 아이에게는 내 손길이 필요했다. 내가 700일이 넘는 시간 동안 몇 개의 유리문을, 하루에도 열댓 번씩 통과하며 해온 것들을 멈춘다는 것은 여기서 그만 서후를 놓아주겠다는 것과도 같았다. 그리고 무엇보다 함께 있고 싶었다. 간절하게.

그리하여 나는 고민 없이 결정했다. 우리 가족은 며칠에 걸쳐서 서후의 방 안에 있는 어마어마한 양의 살림살이를 빼냈고 마음을 나누었던 몇몇 간호사들과 갑작스럽게 작별 인사를 나누었다. 이제부터는 24시간을 모니터링하며 내가 모든 것을 책임지고 돌봐야 한다는 것이 두렵기도 했지만, 그보다 면회라는 장벽 없이 함께 있을 수 있다는 것에 벅차고 설렜다. 잠시 후 전화벨 소리와 함께 "이서후 환자 보호자분!" 하며 보안요원의 외침이 이어졌다. 그의 안내에 따라 나는 첫 번째 유리문을 통과해 숱하게 지나쳤던 마취회복실을 지났다.

그곳을 지날 때마다 수술을 마친 아이들의 울음소리가 들리곤 했는데 그 옹골찬 울음소리가 지독하게 부러웠다. 아이 곁에서 파란 가운을 입고 그들의 아이가 마취에서 깨어나길 기다리는 엄마의 모습이 부러웠다. 당연하게 깨어날 그들의 아이가 부러웠다. 마취에서 깨면 품에 안아 집으로 데려가 따뜻한 저녁밥을 지어줄 그들의 일상이, 그 당연하지 않은 것들이 절절하게 부러웠다. 내 목적지가 저 멀리 보이는 집중치료실이 아닌 이곳이었으면, 손 내밀면 닿을 곳의 벨을 눌러 '이서후요.' 하고 말할 수 있다면, 가운으로 무장한 간호사가 나와 '지금 마취 깨느라 좀 많이 힘들어해요. 들어오세요.' 라는 말을 나에게 해준다면 하는 상상을 하기도 했다.

마취회복실 맞은편으로는 심혈관계와 외과계 집중치료실을 지난다. 파란색 덮개가 씌워진 이동 침대가 검은 양복과 흰색 면장갑을 낀 사람의 손에 이끌려 빈번하게 지나가는 것을 보곤 했는데 예상대로 그 안엔 숨을 거둔 사람이 누워 있었다. 장례식장에 다녀오는 길에도 꼭 어딘가를 경유하여 집에 귀가했던 나에게 그 침대는 최대한 가까이하고 싶지 않은 것이었다. 그러던 내가 어느새인가 모든 것에 익숙해져 파란 덮개와 옷깃이 스치는 일에도 걸음의 속도와 심박수를 유지하게 되었지만, 부디 저 피조물이 우리와 연대하는 일이 없기만을 바라고 바랐다.

서후는 툭하면 "엄마 배틀 할래?"라는 말을 했다. 마음에 드는 두 개의 로봇이나 자동차를 손에 들고 와서는 내 손에 쥐어주곤 했다. 또 나의 의사와 상관없이 "자~ 시작한다!" 말하고는 요상한 의성어와 의태어를 섞어가며 '가만두지 않겠다!' '죽어라!' 뭐 대충 이런 말들을 뱉어내는데 여느 날과 다름없던 날에, 내가 대뜸 서후에게 물었다.

"서후, 죽는 게 뭔지 알아?"
"몰라. 나 아기라서 그거 뭔지 몰라. 배틀 하자, 엄마!"

서후는 하루에도 몇 명씩 사람이 죽는 공간 안에 살고 있었다. 죽는다는 것이 무엇인지 알기도 전에 죽음을 가장 가까이에 앞둔 사람들과 가장 가까운 곳에서 매일을 살아가고 있었다. 그것이 무섭지는 않은지, 우리가 대체 왜 이곳에 있는 건지 하루에도 수십 번씩 서후를 들쳐 업고 나오는 상상을 했다.

이곳을 걷는 게 오늘이 마지막이기를 바라며 만감이 교차하는 사이에 서후의 침대가 점점 가까워지고 있었다. 2년간 음압병실과 한 몸이었던 서후를 병원 복도에서 만나는 기분은 생경했다. 침대의 속도에 맞춰 걸으며 서후의 몸 앞면을 품에 안았다.

"서후야? 엄마야. 서후 윙 하고 침대 움직여서 무섭지 않았어? 서후야, 엄마가 이제부터 우리 헤어지지 않고 맨날맨날 같이 있을 거라고 말했지? 우리 절대로 헤어지지 말자. 우리 그렇게 하자. 꼭 그렇게 하자."

함께 있을 수 있어서, 언제든 품에 안을 수 있어서

오늘은 그것만으로도 꽤나 행복하다.

4

◆
❀
☼

나는 그렇게 또 하루를

일타이피

◆ ❅ ☀

서후가 생명 유지와 치료를 위해 몸에 달고 있는 것 중 가장 큰 위험 요소는 소변줄이었다. 중심 정맥관이나 인공호흡기 또한 감염에 크게 노출되어 있지만 결과적으로 자주 말썽을 부리는 것은 소변줄이었다. 육안으로 보일 정도의 소변 찌꺼기나 혈뇨가 관 안을 부유하는 날엔 어김없이 소변과 혈액 검사에서 'negative'라는 붉은 글씨를 마주해야 했고 그럴 때면 나는 쪼그리고 앉아 무릎을 두 손으로 안아 쥐고는 머리를 파묻었다. 제왕 절개로 출산한 친구들이 소변줄을 꽂았던 경험을 이야기할 때면 나와는 상관없는 일인 양 "으으~~ 너무 싫어." 하며 두 주먹을 흔들어댔고, 상상만으로도 아랫배 밑 어딘가를 움켜쥐었었다. 지난날의 그런 나를 비웃듯 서후의 작은 몸엔 어찌할 도리가 없이 단단한 소변줄이 꽂혀 있고 서후가 느낄 고통은 감히 상상조차 할 수 없었다.

어느 날, 담당 의사가 서후가 깨어나는 순간이 오더라도 소변줄은 영구적으로 가지고 살아야 한다는 말을 했다. 소변을 보는 행위 자체가 뇌에서 주는 신호가 필요하기 때문이었다. 그 말은 의식을 찾는 순간이 오더라도 그 이상의 것은 기대하지 말라는 뜻이었다. 병원 입성 첫날부터 무수하게 내리꽂히는 자비 없는 의학적 소견들에는 굳은살이 제법 단단하게 박일 만큼 박였다고 믿었지만 매 순간 그것이 착각이라는 깨달음을 얻었다. 나는 또 병원 내의 가장 후미진 곳이나 차 안까지 빠른 걸음으로 이동하여 참아낸 울음을 터뜨려내고는 흐물흐물해진 몸뚱어리에 다시금 희망을 덕지덕지 장착시켰다. 오전에 들은 의사의 말에 종일 내가 침울해 보였는지 남편이 과하게 텐션을 높이며 입을 열었다.

"여보, 우울할 일이 아니야"

"뭐가?"

"아까 못 들었어? '서후가 깨어나는 순간이 오더라도.' 깨어나는 순간!! 깨어나는 순간이라잖아! 지금 소변줄이 문제겠

153

어?"

"그래, 맞다. 그게 우리가 제일 듣고 싶은 말이지."

집중치료실에서 일반 병실로 옮겨 내가 서후의 모든 것을 케어하게 된 후 첫 번째로 마음먹은 것은 서후에게서 당장 소변줄을 빼주는 것이었다. 누워 지내는 시간이 기약 없이 길어지다 보니 신장 기능이 활발하지 못한 데다 소변줄은 감염 통로가 되었다. 그렇기에 매번 혈액 검사에서 빨간 글씨를 보이는 것은 방광에 관련된 수치였다. 더욱이 소변줄은 운동이나 목욕을 시킬 때에도 엄청난 걸림돌이 되었고 한 달에 한 번 교체 시기가 다가오면 서후가 느낄 고통 앞에 또 한 번 무력한 엄마가 되어야 했다.

며칠 후 담당 전공의에게 소변줄을 빼보면 어떻겠냐고 제안했다. 소변을 스스로 보지 못한다면 방광 내에 소변이 차게 될 것이고 위험한 상황으로 이어질 수 있다는, 예상했던 답변을 들었다. 우리는 딱 6시간을 제안했다. 약속한 시간 내에 서후가 스스로 소변을 보지 못하면 다시는 이런 제의를 하지 않겠다고 어린아이처럼 졸라댔고 소변을 받아 카운트할 수 있는 장치는 우리가 어떻게 해서든 만들겠다고도 덧붙였다. 얼마 후 교수의 허락이 떨어졌고 마침내 서후의 몸속에서 소변줄을 빼내는 쾌거를 이루었다. 온 가족이 머리를 처박고 소변줄이 빠져나간 몸의 중앙을 숨죽여 응시했다. 나는 서후에게 요의를 일으키도록 하기 위해 코에서 위까지 연결된 경관 튜브에 천천히 물을 주어가며 나, 나의 엄마 아빠 모두가 두 손을 모아 오로지 한마음으로 한곳만을 향해 머리를 조아렸다.

"서후야, 서후 형아 돼서 엄마 아빠처럼 변기에 쉬 했던 거 기억하지? 엄마한테 매일 쉬~ 하고 말해 달라고 했잖아. 엄마가 쉬~ 하고 말해 줄게. 우리 아기 할 수 있어. 쉬~~"

5분이 지나고, 10분이 지나고, 한 시간이 지나도 아무런 소식이 없었다. 물을 먹여도 배만 불러오는 것 같아 물을 주는 것도 그만두었다. 나의 괜한 고집 때문에 소변줄을 다시 넣는 고통을 주게 될 것 같아 불안해지기 시작했다. 몇 시간 후, 우리 방의 청소를 담당하고 계시는 미화 여사님이 폐기물 수거를 하러 방에 들어오셨다가 우리가 모두 정지 화면이 되어 머리를 파묻고 있는 것을 보시고는 우리 사이로 몸을 비집고 들어오셨다.

"뭐 해유?"

"소변줄 뺐거든요! 오줌 눠야 해요."

"어이구? 우리 아기 오줌줄 뺐네? 오줌 눠야지! 그려~ 얼른 눠~ 쉬~~"

다섯 개의 시커먼 머리가 한데 모아졌다.

그때였다. 예상 못한 거대한 황금색의 쓰나미가 작은 궁둥이 밑에서 밀려 나왔다. 뒤이어 소변줄이 탈출한 그 자리에!! 분명한 액체 방울이 개미 눈물만큼 맺혔다. 우리는 말하지 않아도 알 수 있었다. 머지않아 엄청난 일이 벌어질 것이라는 것을. 나는 내 모든 기운을 발사하며 맞잡은 양손의 악력을 올렸다. 엄마가 한쪽 발을 구르기 시작했다.

"어? 어어어? 나온다… 나온다~~ 나온다!!!!!!!!"

모두의 면전 앞에서 소변 줄기는 하늘 높은 줄 모르고 튀어 올라 곡선을 그리고는 바닥을 쳤다. '졸졸졸'이 아닌 '최아아아아 푸와아아아아.' 우리 가족은 2002 월드컵 4강 신화를 이룩했을 때와 흡사한 온도와 열기와 데시벨로 방방 뛰어가며 환호성을 질러댔고, 비닐 옷과 비닐장갑으로 무장한 미화 여사님은 땀을 뻘뻘 흘려가며 서후에게 소리치셨다.

"아이고~ 일타이피여!!! 우리도 똥 눌 땐 오줌 눠! 안 그려? 된 겨~ 이제 벌떡 일어나서 엄마 봐야지~ 그렇게 하는 겨~ 아이고 효자여!"

나와 나의 엄마의 눈엔 눈물이 사정없이 맺혔다. 나는 서후를 와락 끌어안아 오른손으로는 머리를 사정없이 보듬었다.

"우리 아가… 잘했어. 고마워. 고마워. 엄마가 고마워. 이제부터 하나씩 하나씩 서후 몸에 있는 나쁜 거 엄마가 다 빼줄게. 우리 서후 정말 잘했어! 엄마는 서후가 해낼 줄 알았어!"

그 후로 서후는 매일매일 엄청난 소변을 스스로 배출해 냈고 남편은 반찬통에 튜브를 연결하여 소변량을 카운트할 수

있는 희귀템을 만들었다. 나는 비과학적으로 소변량을 체크
하느라 더욱 고된 나날을 보냈지만 그것은 아무 문제도 아니
었다.

아주 오랜만이었다. 우리 가족이 그렇게 웃는 거.

거짓말 아주 조금 보태자면,
나이아가라 폭포는 폭포도 아니다.

춤추는 딱따구리

◆ ✾ ☀

자책하고 원망하는 시간을 길게 갖지 않았다. 병원에 사람이 가장 붐비는 시간에 '내 새끼 살려내라고! 이 개새끼들아!' 하고 소리치면서 품위를 내던져 보기도 하고 맨바닥에 드러눕기도 서슴지 않았다. 그리하여 내가 알게 된 것은 '건물이 클수록 소리가 매우 잘 퍼지는구나.' 하는 깨우침과 병원 바닥에 생각보다 먼지가 많다는 깨달음이었다. 그 시간에 내가 해야 할 일은 굳어가는 서후의 몸을 운동시키는 것이라는 또 한 번의 깨달음은 나에게 풀어 헤친 머리를 단단하게 묶고 길어진 손발톱을 바짝 깎게 만들었다. 면회를 알리는 문이 열리고 아직은 낯선 모습의 고요한 서후에게 호흡기의 기계음보다 더 큰 목소리로 또박또박 얘기했다.

"서후야. 엄마가! 우리 서후 눈뜰 때까지 머리카락 하나 솜털 하나 망가지지 않게 할 거야! 그러니까 서후는 '엄마한테 갈 거야!' 하고 매일매일 생각해! 그러다 보면 서후 눈에 엄마 얼굴도 보이고! 캡슐클립도 만질 수 있어! 서후, 엄마 말 다 듣고 있는 거 엄마가 알아. 아무도 몰라도 돼! 우리는 할 수 있다! 있다!"

나의 아빠는 기저귀와 우리의 끼니를 채워줄 도시락을 담당했고, 국수를 말아 먹고 싶을 정도의 열무김치를 담글 만큼 수준급 살림꾼으로 성장했다. 엄마는 아침 8시부터 저녁 6시까지 서후의 케어를 위한 나의 세 번째 네 번째 손이 되어주었으며 귀가하여서는 서후가 덮는 이불과 내복을 삶고 세탁한 후, 한 시간의 기도 후에 이불 위로 스며들었다. 남편은 퇴근 후 서너 시간 수면을 바짝 취한 후 밤 12시쯤 벌건 눈과 잔뜩 뭉개진 머리를 하고 나타나 나와 교대했다. 그리고 서후의 까만 밤을 뜬눈으로 함께했다. 남편이 도착하기 전 세수와 양치를 마친 나는 잠시나마 병원 공기를 뒤로했고 서후의 큰아빠이자 남편의 형은 주말 밤이면 당신의 동생과 함께 서후에게는 낮과도 같은 밤을 든든하게 채워주었다.

몸의 이곳저곳에 달린 생명 유지 장치 때문에 옷을 입힐 수 없던 나는 넉넉한 사이즈의 30수 이상 순면 내복을 구입하여 팍팍 삶아 말려 양쪽 팔은 내 손의 한 뼘 반, 다리는 두 뼘의 길이로 잘라냈다. 민소매가 된 상의는 등의 척추뼈 부분만 10cm 정도의 폭으로 길게 잘라 제거한 후 겨드랑이는 터주었다. 구석구석을 가위로 깔끔히 손질한 다음, 서후의 상체에 얹어 어깨와 배를 사부작 감싼 후, 처음에 잘라낸 네 개를 팔다리에 토시처럼 끼워주면 마치 서후가 내복을 입고 있는 것처럼 보였다.

내의 사이트 이상으로 나에게 친숙한 것은 의료 물품 사이트였다. 지금 서후에게 필요한 것은 어린이 교구 자석 책상이나 공구 놀이 세트가 아니라 부드러운 콧줄, 바람이 잘 통하는 드레싱 밴드, 자극이 덜한 석션 카테터였다. 그것을 받아들이기까지 짧지 않은 시간이 필요했지만 그 쉽지 않은 시간이 있었기에 나는 신박한 의료품을 발견할 때마다 유치원 추첨에 당첨된 엄마처럼 환호할 수 있었다. 그것들을 발견하는 순간들에 행복해하는 내 모습에 놀라 잠시 눈알을 겸연쩍게 굴리다가도 그 와중에 행복한 순간들이 있어서, 그것들을 내가 알아차릴 수 있어서 참 다행이라고 생각했다.

의사도 간호사도 생경한 소모품과 물품들이 서후의 몸에 부착되고 쓰였다. 의료진이 내 노력에 엄지손가락을 들어줄 때마다 우리가 기다리는 한 문장을 더 말해 주기를 기다렸지만 그럴 수가 없는 그들은 입을 굳게 닫았다. '괜찮아. 내가 믿어주면 돼.'라고 매일매일 다짐했지만 모두가 잠든 밤에 흰 가운을 당직실에 벗어 던진 누군가가 한 번쯤은 귀엣말로나마 '사실은 저도 서후가 깨어날 거라 믿어요, 서후 어머니.'라고 소곤대며 웃어주기를 바랐다.

주기적으로 청진기를 이용하여 서후의 몸속 소리들을 들었다. 석션 전후로 폐의 소리를 들으면서 가래가 잘 배출되었는지를 확인했고 배의 소리를 들으면서 장이 정체되어 있지는 않은지를 확인했으며 심장의 소리를 들으면서 살아 있어 줘서 고맙다고 이야기했다. 집으로 서후를 데려갈 준비를 하면서 청진기 구입을 위해 웹 서핑을 하면서 후기들을 읽게 되었다.

"아이가 정말 재밌어하네요~"

"정말 잘 들려요~ 병원 놀이가 리얼해지겠네요!"

"아이가 가지고 놀기에는 디자인이 좀 별로…."

아이가 재밌어할 수 있어서 부러웠고 병원 놀이를 할 수 있어서 짜증 나게 또 부러웠고 '디자인이 별로면 장난감 청진기를 사든가!'라며 괜히 빡쳤다. 청진기의 디자인이 마음에 안 드는 사람이 사는 세상도, 가래 소리를 예민하게 잡아낼 청진기가 필요한 사람이 사는 세상도, 그 청진기마저도 살 여력이 되지 않는 사람이 사는 세상도 결국은 각자가 살아내야 하는 세상이었다.

서후에게 폐렴은 가장 멀리해야 하는 것이었다. 폐렴 그놈은 서후의 주변을 지긋지긋하게 배회하며 틈을 노렸다. 그리하여 나는 한시도 긴장을 늦추지 않았다. 실리콘 소재, 작은 밥공기를 엎어놓은 것과 닮은 팜 컵으로 초당 20회 속도를 목표로 서후의 가슴팍과 등판을 두드려댔다. 들러붙은 가래를 우수수 떨어뜨리기 위해서는 강한 세기보다는 빠른 속도가 필요했으나 한계가 있었다. 어느 날 엄마가 보호자 대기실에 앉아 휴대폰을 내 얼굴 앞으로 들이밀었다.

　"이것 좀 봐봐~ 어머 어머머~"

　엄마가 내민 휴대폰 안의 영상에서는 남자 아기가 엄마의
손길을 피해 두 무릎과 손바닥으로 바삐 기어가고 있었고, 아
기 엄마의 손에 들린 전동 안마기에는 팜 컵이 달려 있었다.
그리고 정말이지 딱따구리의 속도로 아기의 등을 두들겨대고
있었다.

　"올레~~~~~~~~~!!!!!"

　영상에 달린 글을 읽어보니 이름도 딱따구리인 안마기를
구입하여 포크로 고무 부분을 제거한 후, 대만(팜 컵의 회사이
름) 팜 컵 M사이즈를 끼워 넣으면 전동 팜 컵이 된다는 것이
었다. 본인 또한 감기에 자주 걸리는 아이가 폐렴으로 이어질
까 봐 염려하다가 어느 맘 카페에서 그것을 개조해서 쓰고 있
던 창시자에게 정보를 얻었다고. 나는 두 가지를 빠르게 주문
하여 개조했고 220V의 도움을 받은 딱따구리는 서후 가슴 위

에서 춤을 추었다. 부드럽고 빠르게! 의사, 간호사들은 두 눈을 크게 떴고, 폐렴과 싸우는 다른 환아의 보호자에게도 공유되었다.

그날 이후 춤추는 딱따구리는 작고 귀한 아이들의 가슴 위에서 매일같이 춤을 췄다.

그 언니 착해

♦ ❀ ☀

(개그우먼 김)민경 언니가 무려 강남 바닥으로 집을 옮겼다. 언니가 대략 10년간 이주한 집들의 역사를 목격한 나로서, 감개무량한 마음에 (개그우먼 오)나미에게 문자를 날렸다.

《빈경 인니 집에 가자!!》
《가고 싶어요? 그럼 가야지! 언제 갈까?》

나미와 나는 민경 언니의 의사 따위는 안중에 없이 날짜를 잡았고, 남편과 서후에게 미안한 마음 따위 또 안중에 없이 하루하루 설레며 그날을 기다렸다. 디데이를 앞둔 전날 밤에 나미에게 문자가 왔다.

《집에 큰 가방 있죠??》

《응. 왜?》

《숨겨서 가져와요 ㅋㅋㅋ》

민경 언니가 새로 이사한 집에는 편의점을 방불케 하는 팬트리가 존재했고, 나미는 나와 남편이 보내는 긴 밤을 달래줄 간식을 털어 주겠다며 도덕적인 호의를 베풀었다. N사에서 나온 초대형 망치 가방은 일인용 소파도 들어가지 않을까 하는 의구심을 품을 만큼 드넓었다.

《가방 개커 ㅋㅋㅋ 소파 구겨 넣으면 들어갈 듯 ㅋㅋㅋ》

《좋았어 ㅋㅋㅋ 소파 말고 그 가방을 구겨서 숨겨 와요!》

《지금부터 구긴다!!!!!》

그날따라 신나 있는 내 모습을 서후에게 그대로 전했다.

"서후! 밍경이 이모가 좋은 집에 이사했대! 엄마 오늘 마미이모랑 밍경이 이모 집에 갈 거야! 이모가 서후도 얼른 오래! 엄마랑 꼭 밍경 이모네 같이 가자!! 엄마가 코 자고 뛰어올게!"

힘껏 품에 안은 서후한테 좋은 냄새가 났다.

살얼음판 같은 매일매일을 보내는 나에게 병원 언저리를 벗어나는 일은 대단한 힘이 필요한 일이지만 곧 만나게 될 사람들이 더 대단한 힘을 충전시켜 줄 것이기에 나는 민경 언니의 새 주소를 목적지로 설정했다. 가는 길에 민경 언니의 서울특별시 첫 집에서의 에피소드를 떠올리느라 자꾸 웃음이 났다.

2009년 여름이었던가, 나미와 함께 <엑소시스트>라는 프로그램에 게스트로 출연했다. 몇몇의 퇴마사가 귀신을 쫓는 프로그램에 세상 최고 졸보 둘이 출연한 것이다. 촬영이 끝난 새벽, 집으로 가는 길에 나미가 먼저 물어 왔다.

"집에 가서 혼자 못 자겠는데…, 선배님은요?"
"아이씨… 나도… 우리 집에 갈래?"
"우리 둘이 있는 것도 무서워. 민경 언니네 갈래요?"
"좋아. 가자."
"선배님이 전화해요. 내가 하면 욕먹어."

"오키."

한밤중에 잠에 취해 전화를 받은 언니는 5초간의 정적을 유지하다가 입을 열었다.

"오세요… 선배님." (나에게 '선배님'이라 할 때였음.)

허락을 받기는 받았는데 5초간의 정적이 퇴마사가 쫓은 귀신보다도 더 무서워 고민하는 나에게 나미가 한마디를 날렸다.

"괜찮아요! 그 언니 착해."

민경 언니가 분홍색 잠옷 바람으로 나와 안내해 준 주차 공간은 테트리스 '초초초초초고난도' 수준의 끼워 넣기였고, 에어컨은커녕 선풍기도 없는 언니 집의 모든 방문엔 우드락으로 만든 분홍색 팻말이 붙어 있었다.

'밍콩이 방' '밍콩이 화장실', 밍콩이 밍콩이 밍콩이……

우드락 살 돈을 모아 선풍기를 살 생각은 안 해 봤냐고 묻기에는 밍공이의 주먹이 그날따라 더욱 커 보여서 나는 닥치고 공손히 누웠고, 더위에 신음하는 우리에게 밍공이는 냉동실에서 꺼낸 무언가를 하나씩 품안에 넣어주었다.

밍공이네 추어탕!!!!!!!!!!!!

추어탕 가게를 하는 민경 언니 엄마가 보내준 얼려둔 추어탕을 나미와 나는 마지막 사랑처럼 끌어안고 잤고, 우리의 체온으로 녹아가는 추어탕 봉지에서는 정체를 알고 싶지 않은 탁한 물방울이 기어 나왔다. 그 사실에 또 한 번 신음하는 후배 놈에게 민경 언니는 근엄하게 한마디를 날렸다.

"괜찮아. 단백질이잖아."

새로 이사한 집에서는 그날의 단백질 덩어리 대신 빵빵하게 틀어진 에어컨 바람을 맞으며 언니가 주문한 매운 주꾸미를 기다렸다. 주꾸미 세트에 분명히 주먹밥이 포함되어 있다는 설명을 보았는데도 공깃밥을 추가하는 언니에게 "밥이 있는데 왜 밥을 또 시켜요?"라고 물었다가 오랜만에 5초간의 정적을 또다시 맛본 것 말고는 모든 게 좋았다. 바깥세상에 대한 이야기를 들으면 나도 바깥세상으로 나가고 싶어졌고 그들의 일부가 되고 싶었다. 그러함에도 나는 서후의 하루가 시작될 시간이 되면 힘차게 서후에게 달려갈 것이기에 그 시간 안에서의 맛있는 음식을, 신나는 수다를, 내 사람들을 충만하게 즐겼다.

우리는 각자의 내일을 위해 잠자리에 들기로 했고 민경 언니는 나미와 나에게 안방의 침대를 내어주고 거실 소파에 누웠다. 어딜 가도 침대를 사수하는 언니라는 것을 누구보다 잘 알기에 그 마음이 고마워 냉큼 침대에 누웠다. 우리는 어둠속에서 낮게 지껄였다.

"선배님, 이따 몇 시에 나가지?"

"새벽 5시."

"아, 근데 저 언니가 거실에서 자는 게 문제네."

"어쩌지?"

"괜찮아요. 저 언니 착해."

"어?"

알람 소리에 주섬주섬 옷을 갈아입고 나미를 깨웠다. 우리는 납작 만두 수준으로 접어진 망치 가방을 펼쳤다.

"이게 뭐여(킥킥킥) 왜케 커~~~(낄낄낄) 이 정도면 민경언니도 들어가겠는데요?"

우리는 방 안에서 휴대폰 조명 하나에 의지하며 말 그대로 배꼽을 잡고 웃었다. 그러고는 웃음기를 쫙 뺀 다음 양말을 신어 바닥과의 마찰을 최소화한 발로 어둠을 뚫고 거실로 나갔다. 언니가 자고 있는 소파를 지나 팬트리 앞에 도착하여 닥치는 대로 가방으로 옮겼다.(훔쳤다) 나름의 계획대로 소리 나는 봉지 과자보다는 종이 박스 과자를 위주로 바닥에 깔고 봉지 과자를 사뿐히 얹었다. 그 와중에 오나미가 냉장고를 가득 채운 콜라를 넣어(훔쳐) 준다며 냉장고 문을 열어젖히는 바람에 새어 나온 불빛이 민경 언니를 뒤척이게 했다. 둘 다 웃음이 터져 무릎을 꿇은 채로 웅크려, 먹는 웃음을 웃어내느라 곤혹을 치렀지만 꽤 많은 콜라가 가방으로 이동했다. 민경 언니

172

가 뒤척일 땐 포복에 가까운 자세를, 의지와 상관없는 나의 퓌식 방귀에는 그야말로 소리 없는 포복절도를 했다.

성공을 확신하고 엄지손가락을 들어 보이는 나미를 뒤로 하고 가방을 오른쪽 어깨에 둘러멘 나는 무게에 놀라 휘청거렸고 마음속으로 외쳤다.

"고지가 저 앞이다."

그때였다. 고지를 앞에 두고 나는 실내 슬리퍼 걸이에 걸려 도미노가 쓰러지듯이 정면으로 넘어졌고 시뻘건 캔 콜라와 온갖 과자 봉지들이 흩어지며 신발장과 현관문에 부딪쳤다. 코카콜라와 농심, 오리온과 해태로 구성된 오케스트라가 내는 불협화음에 민경 언니는 화들짝 놀라 일어났다.

"뭐야!!! 무슨 소리야??? 뭐야!!!!!?????"

어둠 속에서 뒤늦게 나를 발견한 언니는 "너 거기서 뭐 하냐?"며 불을 켰다. 나는 이 고난을 어떻게 극복해야 할지에 관한 생각, 쪽팔림에 더불어 치욕스러움에 허우적거리느라 손가락 하나 움직이지 못하고 한참을 엎드려 있었다. 나는 아무것도 모른다는 퓨어한 표정으로 식탁 밑에 앉아 있는 나미를 보며 '언니, 나는 콜라는 가져갈 생각이 없었어요.'라는 말이라도 나불대 볼까 고민했지만 언니의 주먹은 여전히 컸다.

"아니 뭘 이걸 몰래 가져가…. 그냥 가져가면 되지!!!! 어우 내가 진짜 못 살아…."

언니는 잔소리를 하며 흩어진 간식들을 가방에 주워 담았고 만신창이가 된 내 몸을 살폈다.

"안 다쳤어?????"
"넹."

며칠 후 민경 언니는 새로 가득 채워진 팬트리 사진을 나에게 보냈다.

《어이 도둑! 팬트리 털러 와라!》

나미에게 언니의 문자를 캡처해서 보냈더니 답장이 왔다.

《거봐요. 그 언니 착해. 내 말 맞잖아.》

징그럽도록 사랑스러운 '골 때리는 그녀들'이다.

이서후♥

◆ ❋ ☀

나의 일과 중 하나는 하루 세 번 서후에게 네블라이저(호흡기 치료)를 해주는 것이었다. 그러기 위해서는 어쩔 수 없이 인공호흡기의 연결을 잠시 해제해야 했다. 호흡기 튜브의 중간 지점을 잠시 분리시켜 그 사이에 약물이 담긴 병을 연결해야 했는데 그 순간에는 당연히 서후에게 산소가 공급되지 않았다. 그렇기에 나는 그 시간을 최대한 짧게 가져야 했고 일말의 실수도 용납되지 않았다. 분리 전에는 양손으로 튜브를 잡고 매번 의식을 치르듯 크게 심호흡을 하며 "서후야! 우리 부우우우웅(네블라이저 기계음) 하는 거 할 거야~ 한다! 시작!" 하고 말하며 나도 함께 숨을 참았다.

서후의 컨디션이 좋지 않아 며칠 잠을 자지 못해 정신이 혼미한 상태에 가까웠던 날이었다. 호흡기 치료 시간이 되어 로봇 청소기처럼 몸이 움직였다. 어김없이 분리한 양쪽 튜브를 약병에 빠른 속도로 꽂고 몸을 일으켰는데 모니터의 산소포화도 수치가 점점 떨어지기 시작했다. 95라는 숫자보다 낮아지자 알람이 울렸다. 소파에 앉아서 서후의 내복을 개고 있던 엄마가 슬리퍼 두 짝을 미처 다 신지 못하고 모니터 앞으로 다가왔고 나는 급히 간호사실을 향한 벨을 눌렀다.

"왜 이래!! 왜 이래?? 엄마, 엄마!! 간호사!! 의사!! 서후야!! 서후 왜 그래!! 아니야 그러지 마. 왜 그래!!!!"

연결의 아귀가 제대로 맞지 않았던 것을 다시 들여다볼 생각은 어디에도 없었다. 수치가 점점 떨어지자 내 눈앞에서 서후의 손끝과 입술색이 보라색으로 변해 갔다. 나는 그나마 남아 있는 이성을 잃어갔다.

"서후야!! 서후 아니야!!! 서후 그러지 마!! 앰부!! 앰부 어딨어!! 왜 앰부가 없어!!!!! 제발 제발!! 서후야!! 그러지 마!!"

간호사실의 모든 간호사가 앰부를 들고 뛰어 들어왔고 근처에 있었던 소아과 1년 차 의사가 뒤따라 뛰어 들어왔다. 서후 목에 꽂힌 케뉼라와 인공호흡기의 연결을 해제한 후, 그 자리에 앰부를 연결하여 폐 속으로 고농도 산소를 밀어 넣었다. 그렇다 한들 수치는 걷잡을 수 없이 떨어지고 알람은 점점 더 큰 소리로 울리기 시작했다. 나는 더 이상 그 무엇도 볼 자신이 없었다. 가장 낮은 자세로 엎드려 눈물과 콧물로 뒤덮인 얼굴을 바닥에 붙이고 맞닿은 두 손을 빠르게 비벼댔다.

"잘못했습니다. 잘못했습니다. 살려주세요. 착하게 살겠습니다. 한 번만 살려주세요. 제발 살려주세요. 우리 서후 살려주세요. 제가 잘못했습니다. 가세요. 우리 서후 데려가지 마세요."

나의 소리와 울음이 병실 안을 가득 채웠고 길게 늘어진 진득한 콧물과 눈물이 뒤엉켜 바닥이 흥건해졌다. 이렇게 모든 것이 끝이 났다고 생각했다. 내가 몸을 일으키면 서후는 더이상 살아 있는 사람이 아닐 것이라고 생각했다. 나 때문에.

"어머니! 서후 어머니! 올라가요! 올라가고 있어요! 어머니 좀 일으켜 주세요~! 서후 어머니! 괜찮아요. 서후 괜찮아요!"

계속해서 앰부를 짜고 있는 의사가 입을 열었다. 이 방 어딘가에서 나와 같이 폭포수 같은 눈물을 쏟아내며 두 손을 모았을 나의 엄마가 서후에게 달려갔다.

"감사합니다. 선생님 감사합니다. 서후야! 할머니~ 서후야! 할머니 여기 있어! 우리 서후 잘했다. 아이고 우리 아기 잘했다. 할머니가 미안해~ 할머니가 다 미안해."

간호사들이 나를 일으킨 후, 미끄러져 나간 슬리퍼를 내 발에 꽂아주었다. 고개를 들어 서후를 바라보았지만 도저히 한 발자국도 내딛을 수 없었다. 감히 다가갈 수 없었다. 서후의 차가워진 얼굴과 손을 어루만져줄 수가 없었다. 내가 그래도 되는지를 생각할 수도 없었다. '엄마! 너무 무서웠어!' 하며 달려와 안길 수도 없이 처연하게 누워 있는 서후를 먼발치에서 그저 바라보며 하염없이 소리 내어 울기만 했다.

"우리가 왜 이렇게 된 거야. 서후 왜 그렇게 있어…. 우리 집에 가자. 일어나…"

모든 것을 그만두고 싶었다. 엄마도 이제 더 이상 못 하겠다고, 엄마가 서후를 답답한 몸뚱어리에서 꺼내어줄 테니까, 우리 이대로 함께 가자고, 두 손 잡고 가자고, 그냥 그렇게 하자고 말하고 싶었다. 하지만 나에게는 그럴 용기가 없어서 이대로 지구가 폭발해 버렸으면 좋겠다고 생각했다. 병원의 건물이 순식간에 무너졌으면 좋겠다고 생각했다. 그 마음을 아무에게도 들키지 않으려고 더 서럽게 울어냈다.

가족들이 나에게 잠이 필요하다며 집으로 보내려 했지만 오늘 같은 날, 푹신한 침대에서 두 다리 뻗고 잠을 청하는 건 상상도 할 수 없는 일이었다. 몇 시간 소파에서 깊은 잠을 자고 일어나 엉거주춤한 걸음을 걸어 아무 말도 하지 않고 서후를 세게 안았다.

"살아 있어줘서, 고마워."

창문 밖은 캄캄했고 마치 아무 일도 없었던 것 같았다.

남편이 병원 지하에서 사 온 명인 만두를 쉬지 않고 입에 넣어 씹어 넘겼다. 자꾸 또 눈물이 맺혔다. 옷소매로 눈물을 닦아내고 휴대폰을 들어 '소아용 앰부백'을 검색했다.

이틀 후, 도착한 앰부백에 매직으로 '이서후' 하고 쓴 뒤에 그 옆에 속이 꽉 찬 하트를 그렸다. 🖤

나는 그렇게 또 하루를 살아냈다.

비누 냄새 좋다

♦ ❀ ❀

2010년에 〈성균관 스캔들〉이라는 퓨전 사극 드라마에 출연했다. 배우 서효림이 연기한 효은 아씨의 몸종 버들이 역할이었다. 드라마 출연은 처음이었지만, 현장에서 갓 상경한 사람처럼 횡설수설하는 버들이를 얼굴이 커피잔만 한 서효림이 보육 교사처럼 챙겨줘서 촬영장 가는 길이 두렵지 않았다. 사극이다 보니 모든 배우들이 의상과 분장에 할애하는 시간이 많았는데 천민 신분의 버들이는 한복 몇 벌로 20부작을 거뜬히 소화했다. 안 그래도 어두운 내 피부 톤보다도 한참은 더 어두운 톤의 파운데이션을 얼굴에 발라주시기에 "이 정도면 위장 크림 아닌가요?"라고 분장 선생님께 얘기했더니 개그맨이라 역시 재밌다며 손바닥을 부딪쳐가며 과장되게 웃으셨다. 위장 크림이 맞다고 확신했다. 버들이는 극 중에서 얼굴이 비현실적으로 작은 효은 아씨보다 앞서 걷는 법이 없었는데, 항상 뒤에 서 있는 게 얼마나 다행이냐고 말했던 나의 매니저가 첫 방송을 보고 와서는 어젯밤 원근법이 무시되는 광경을 목격했다며 엄지손가락을 들어 보였다. 그렇게 원근법과 싸워 승리한 나는 매주 월요일, 화요일 밤이면 TV 앞에 앉았다.

"엇?! 혹시 버들이 아니에요? 실제로 보니까 되게 못생기진 않았네요?"

〈개그콘서트〉 출근과 동시에 얼굴에 장난기를 잔뜩 머금고 나에게 다가와 이 말을 건네는 사람이 있었는데, 나의 22기 동기이자 나보다 한 살이 어린 여자 사람이다. 〈개그콘서트〉에서는 나름 잘생긴 여자 역할을 도맡다가 5:5 가르마 쪽진 머리에 위장 크림 바르고 열연하는 내 모습에 신이 난 그녀는 드라마 방영 다음 날이면 멀리서부터 얼굴에 익살을 장착하고 걸어왔다. "너 요즘 나 놀리려고 살지?" 하고 물으면 "놀림받을 만한가 봐?" 하고 대꾸하며 버들이의 방정맞은 걸음으로 걸어 자리를 떴다. 돌아서는 그녀의 뒷모습에 대고 "인마! 그래도 너보다 예쁘거든??" 하고 세상 유치하게 한마디 더 던지면 "나보다 예뻐서 좋겠다. 언닝." 하고 침착하게 다시 대꾸했다. 그런 그녀는 내가 출연한 20화짜리 드라마를 한 회도 놓치지 않고 본 유일한 사람이었고, 드라마 방영이 끝나면 어김없이 톡을 보내오는 유일한 사람이기도 했다.

《나는 버들이 때문에 〈성균관 스캔들〉 본다!! 성현주 기죽지 마라!!》

그녀는 명문대 사범대를 졸업하고 KBS 공채 개그맨 시험에 응시했다. 뚱뚱한 책가방을 둘러멘 노량진 고시생 친구를 데려와 자신이 준비한 콩트를 돕게 했고, 감독님에게는 '피디 선상님'이라는 표현을 사용했다. 공채 시험날도, 개그맨이 된 후로도 체크무늬 남방과 어깨에 닿을 듯 말 듯 한 검은색 단발머리는 그녀의 트레이드마크였다. 햇빛에 유약한 피부를 가진 그녀는 항상 양산을 소지했고, 비누를 가방에 넣어 다니기도 했다. 정해진 화장품을 발라야 했고, 개그맨이라는 직업과 떼려야 뗄 수 없는 분장은 꿈도 꿀 수 없었다. 떡볶이단추 코트가 누구보다 잘 어울리는 그녀는 새것보다 오래된 것들을 지향했다. 동전을 넣어 다니는 꽃무늬 동전 지갑도, 책가방도,

우산도, 필통도, 단정한 옷가지들도 한번 그녀의 소유가 되면 오래도록 그녀와 함께했다. 데뷔하자마자 얼굴이 알려졌음에도 자가용이나 택시보다는 버스를 이용하여 출근했고 스펀지밥 인형을 무척이나 좋아했다. 개그맨 시험에 합격하기 전까지 무대에 서본 적이 없는데도 〈개그콘서트〉 첫 녹화 날, 자신의 개그에 박장대소하는 사람들의 웃음을 여유만만하게 기다리는 그녀의 모습을 보며 '개그도 머리로 하는 거였어.'라는 당연한 깨달음을 얻었다.

서후가 중환자실 침대를 차지한 지 얼마 만에 고단함을 씻어내려고 집에 들렀는데 그녀에게 전화가 왔다. 많이도 옹졸하고 예민해하던 시기였다. 누군가가 내 불행으로 삶을 안도하는 게 싫었다. 위로받는 일에도 많은 힘이 들어갔다. 복기하는 것 자체가 고통인 이야기들을 새로운 누군가에게 들려줘야 하는 것도 매 순간 끔찍했다. 그날도 두 번이나 울리는 그녀의 전화를 받지 않았더니 이어 메시지가 왔다.

《언니야, 어디야? 나 엄마랑 병원에 왔어.》

휴대폰을 쥐고 망설이다가 잠시만 기다리라고 답장을 보냈다. 머리에서 뚝뚝 흐르는 물을 털어가며 병원으로 돌아왔다. 내 자리에 앉아 있는 둘의 뒷모습이 보여 나지막이 그녀를 불렀다. 그녀의 엄마가 나를 보자마자 내 손을 잡고 한참을 울었다. 울 힘도 쏟을 눈물도 없어서 심상하게 서 있었다. 우리 셋은 보호자 대기실에 멍하니 한참을 앉아 있었다. 기다려야 할 대상도 없이, 나눠야 할 이야기도 없이, 해야 할 일을 잊은 사람들처럼 그저 앉아만 있었다. 그녀는 별다른 말 없이 나에게 기대어 한 손으로는 내 등을 쓸어내렸다. 그리고 말했다.

"언니 비누 냄새 좋다."

내가 그녀의 음성으로 들은 마지막 '말'이었다. 제법 찬기가 돌기 시작했던 겨울날의 오후에 그녀가 세상을 등졌다는 전화를 받았다. 그녀의 영정 앞에서라도 마지막 인사를 나눠야 할 것 같아 식구들에게 서후를 부탁하고 병원 밖을 나섰다. 내 아이가 금방이라도 깨져버릴 유리 조각과도 같은 목숨이라 상갓집 출입에 조심스러운 미신론자였지만 내 결심에 가족 중 누구도 반기를 들지 않아주었다. 나는 검은 옷을 갖춰

입고 운전대를 잡았다. 목적지에 도착하니 믿을 수 없이 '고인'이라는 두 글자가 그녀의 이름을 보조했고, 그녀의 영정 옆에는 내 손을 잡고 한참을 울었던 그녀의 엄마 영정이 나란히 자리했다. 그들의 인화된 얼굴을 똑바로 쳐다보는 게 버겁다고 느껴져 선뜻 고개를 들 수 없었다. 얼마의 돈을 봉투에 담고, 국화꽃을 올리고, 향을 꽂고, 두 번의 절을 했다. 내가 그들의 명복을 위해 할 수 있는 건 오로지 그것밖에 없었다.

그녀가 세상을 떠나는 날에도 정말 많은 사람들이 함께했다. 그녀를 향한 모두의 이토록 넘치는 마음이 그녀의 고통을 한 톨도 상쇄해 주지 못한 것이 안타깝기만 했다. 연화장에 도착하니 제각각의 카메라를 손에 든 기자 혹은 방송국 사람들이 소위 좋은 자리를 차지하겠다고 열을 올렸다. 누군가의 비통한 죽음이 누군가에게는 낚시터의 물고기처럼 놓치고 싶지 않은 '것'이라는 게 참 고약하다고 느껴졌다. 우리와 영영 이별하는 모녀를 바라보며 무용한 울음을 울어냈다. 그녀에게 너의 아픔을 알아차리지 못해 미안하다고, 그녀의 엄마에게 함께 울어드리지 못해 죄송하다는 말로 마지막 인사를 전했다. 묵직한 몸과 마음을 끌고 서후가 있는 병원으로 돌아왔다. 격

양된 시간을 보내고 돌아온 때문인지 체온이 급격히 올라 병원 입구에서 출입이 통제되는 바람에 화장실에 들어가 찬물에 급히 머리를 처박았다.

그녀가 떠나고 한동안 사람들의 연락이 끊이지 않았다. 주변 사람을 더 챙기려는 경각심에 의한 결과였다. 메시지와 전화가 쏟아졌다.

《현주야 별일 없니?》,《서후는 잘 있지. 소식은 듣고 있어.》,《현주야 힘들어도 나쁜 생각하면 안 돼.》,《무슨 일 있으면 바로 연락 줘.》.

내가 만들어놓은 세상에 별안간 구멍이 숭덩 뚫려버린 기분이었다. 모두가 '도대체 언제까지 서후를 그렇게 힘들게 할 거야.' 하고 말하는 것 같았다. 내 몸 어딘가에서 잃게 된 한 움큼 정도의 힘은 서후의 보살핌에 있어 나를 무기력하게 만들었다. 서후에게 '덜' 말을 건네었고, '자주' 창밖을 내다보았다. 그녀가 오래전에 〈복면가왕〉이라는 프로그램에 출연해 분홍색 원피스를 입고 러블리즈의 '아츄'라는 노래를 부른 적이 있다. 서후의 머리맡에 휴대폰을 올려놓고 그 영상을 찾아 재생시켰다. 영상 속에 이렇게나 살아 있는데 더 이상 그녀를 볼 수 없다는 게 도무지 납득이 되지 않았다. 이불에 머리를 처박고 소리 없이 꽤 오랫동안 울었다. 서후의 손을 들어 올려 내 머리를 여러 차례 쓰다듬었다.

두 달이 채 흐르지 않아 서후가 내 곁을 떠났다.

올해 어버이날에는 소박한 꽃을 준비해 동료 두 명과 함께 그녀의 아버지를 찾아갔다. 아버지는 약속 시간보다 일찍 식당에 도착해 두 손을 흔들며 우리를 반겨주셨다. 아버지가 사주시는 한식을 먹으며 못다 한 이야기를 나누었다. 이따금씩 울기도 하고 그보다 더 많이 웃었다. 식사를 마친 뒤에는 아버지가 온갖 농작물을 키우고 있는 집 근처의 밭으로 놀러 갔다. 아버지가 하루 중 반 이상의 시간을 보내는 곳엔 그녀의 흔적이 많았다. 우리는 늦은 밤까지 그곳에 머물렀다. 그리고 아버지가 땀을 뻘뻘 흘리며 따서 주신 미나리와 상추를 한아름 끌어안고 집으로 돌아왔다. 돌아오는 길에《오늘 딸내미가 다녀간 것 같아 잠을 쉽게 이루지 못할 것 같다.》는 아버지의 메시지가 도착했다. 눈에 보이지 않는 아버지의 그 마음이 가엾게 느껴져 잠시 눈을 질끈 감았다. 다음 날 미나리를 가득 넣고 부친 전을 사진 찍어 아버지한테 전송했다.

《아부지, 짱 맛있어요! 잘 먹겠습니닷!!》

그녀와 오래전에 〈개그콘서트〉에서 '뷰티스쿨'이라는 코너를 한 적이 있다. 몇 주 만에 코너를 내리게 되는 바람에 의기소침해 있는 나에게 그녀가 톡을 보내왔다.

《아무리 생각해도 '뷰티스쿨'은 성현주를 담을 수 없지!! 술이나 먹자!!! 코가 삐뚤어지게 해줄 테니!!!》

그날 함께 먹은 떡볶이와 쿨피스의 조합은 기가 막혔고, 내 코는 여전히 멀쩡하다.

너는 참, 예뻤다.

크리스마스

◆ ❅ ☀

　연말과 연초에는 서후에게 선물 풍년이 든다. 크리스마스에 이어 생일 선물까지 품에 안는 기쁨을 누릴 수 있기 때문이다. 서후가 만끽한 마지막 크리스마스에는 우리 동네에 산타 할아버지가 오셨다. 산타는 그의 아내가 짠 코스에 따라 선물을 기다리는 아이들의 집을 방문했다. 내가 준비한 선물과 아이의 이름, 나이를 적어 현관문 밖에 놓기만 하면 서후에게 동심을 선물할 수 있었다. 시간보다 빨리 도착한 산타는 굴뚝이 없는 아파트의 공동 현관을 호출하며 도착을 알렸다. 흰 수염으로 가득 찬 인터폰 화면을 보고 괜히 내가 더 설레 방방 뛰었다. 서후는 매우 긴장한 표정으로 그를 맞았다. 나이키 에어포스 운동화를 신은 산타가 준비한 프로그램에 따라 둘이 함께 노래를 부르는데 배가 간지러워 혼났다. 나란히 기념사진을 찍으며 짧은 만남을 마무리했고 내 사진첩에 남은 그 둘의 모습은 너나없이 드라마에 처음 출연한 보조 출연자들 같았다. 루돌프 썰매 대신 자동차를 운전해 다음 아이에게 향한 산타의 얼굴에서는 핀란드 할아버지의 자비로움이 아닌 대한민국 가장의 무게가 느껴졌다.

신나서 선물을 뜯고 있는 서후에게 "산타 할아버지한테 선물도 받고 정말 좋겠네~" 하고 톤을 높여 말했더니 하던 일을 멈추고 어디론가 걸어갔다. 나는 같은 반 아이가 생일을 맞으면 쟁여놓은 포장지로 매번 선물을 싸서 서후 편에 보내곤 했는데 그 포장지를 찾아 들고 작은 발로 뚜벅뚜벅 걸어왔다. 물론 그것으로 서후의 크리스마스 선물도….

"엄마, 그런데 포장은 엄마가 한 거야?"

우리가 병원에서 맞는 3번째 크리스마스가 다가왔다. 국민 요정 정경미 언니가 서후 방 창문에 설치할 트리를 보내주었다. 방 안 곳곳이 친구들이 보내준 오르골과 서후의 크리스마스 선물로 채워지기 시작했다. 우리 방에 들어오는 의사나 간호사들은 병원 내에서 연말 분위기를 느낄 수 있는 유일한 곳이라며 신나 했다.

어린이날이나 크리스마스와 같은 날에는 서후가 유독 더 안쓰럽게 느껴져 철저하게 스스로를 고립시켰다. 뭐든 갖고 싶어 할수록 더 많이 갖고 싶어져서 있는 힘껏 세상과 나 사이의 셔터를 끌어 내렸다. 동시에 그런 서후라도 어린이날엔 축하받아야 한다는 것을, 크리스마스엔 캐럴을 듣게 해줘야 한다는 것을, 그런 서후도 만끽할 자격이 있다는 것을 믿는 엄마가 되어야 했다. 그리하여 나는 루돌프가 그려진 내복을 주문해 곳곳을 잘라 서후에게 입혔고 몸을 방정맞게 움직이며 캐럴을 따라 불렀다. 고심해서 선물을 주문하고 한글을 배우기 시작한 서후의 친구들은 크리스마스카드를 보내왔다. 우리만의 방식으로 달력의 빨간 날을 양껏 즐기기 시작했다.

크리스마스를 3일 앞두고 서후에게 패혈증이 찾아왔다. 세 번째 패혈증이었다. 새벽 1시에 남편과 교대하고 집에 와 잠이 들었는데 4시간 후에 전화가 왔다. 서후가 좀 이상하다는 남편의 말에 거의 정신을 잃은 상태로 병원으로 달려갔다. 서후의 일에서만큼은 대담하지 못한 남편이 머리를 쥐어뜯으며 횡설수설하고 있었다. 괜찮다고, 괜찮을 거라고, 나를 믿고 서후를 믿으라고 말하던 나는 불길한 느낌을 지울 수 없었다. 카운트다운 하듯이 떨어지는 혈압과 산소 포화도를 붙들어 매기 위해 21%의 산소를 40%까지 올리고, 찬기가 도는 손발을 격렬하게 주물렀다.

"우리 아기 너무 힘이 드네. 그치? 안아주자. 엄마가 꼭 안아주자."

출근과 동시에 달려온 의사는 적극적으로 약을 처방했다. 힘이 센 승압제들이 서후의 혈관을 타고 들어가기 시작했다. 우리의 방어보다 한 발 빠른 적군에 의해 혈액 검사지의 수치들은 정상 수치에서 점점 더 멀어져 갔다. 그럴수록 나는 서후를 더 괴롭히는 데 힘을 쏟았다. 우후죽순으로 퍼져 나가는 가래를 건져내기 위해 카테터를 더 자주, 더 깊숙이 폐 안쪽으로 밀어 넣었다. 더 이상 약물을 주입할 주사 라인이 남아 있지 않자 몸에 수도 없이 바늘을 찔러 넣었다. 다시 딱딱한 소변줄을 밀어 넣었다. 침대 주변은 비집고 들어가야 할 정도로 약물을 매단 폴대와 인퓨전 펌프가 늘어갔다. 어느 순간부터 소변을 보지 못하는 서후의 몸이 빠른 속도로 부어올랐고 침대 패드를 흠뻑 적실 만큼의 땀을 쏟아냈다. 몸 안의 모든 것을 쏟아내려는지 산발적으로 대변이 밀려 나왔다. 수도 없이 보송한 패드를 깔아주고 버석한 옷으로 갈아입혔다. 가늠할 수 없을 정도로 약물이 늘어나면서 서후의 몸은 점점 더 무거워졌다. 긴 시간 기를 쓰고 지켜온 꼬리뼈에 500원짜리 동전 크기로 욕창이 시작되고 있는 것을 보았을 때에는 주저앉아 두 손으로 얼굴을 감쌌다. 서후에게는 더 이상 싸울 힘이 남아 있지 않았다.

어제와 오늘을 구분할 수 없이 시간이 흘러갔다. 크리스마스트리가 붙어 있는 창문을 중심으로 우리의 방과 연말을 즐기려는 사람들의 퇴근길 광경 사이에 엄청난 간극이 느껴졌다. 며칠째 잠을 자지 못한 나는 이 와중에도 저절로 하품을 해댔다. 잠에 들고 싶었고 입안에 닥치는 대로 뭐든 욱여넣었다. 가려운 곳을 긁었고, 요의를 해결했다. 살아 있다는 감각은 지독했다.

혈압을 올리기 위한 승압제의 개수와 용량이 늘어갔다. 그에 의한 1분당 180의 심박수가 서후의 얼굴을 요동치게 했다. 땀을 배출하는 것만으로는 밀어 넣는 약물의 양을 따라갈 수 없었다. 몸속 장기를 비롯한 모든 것이 부어올라 혓바닥마저 입 밖으로 밀려 나왔다. 각막이 손상될까 봐 감겨 놓은 눈에 붙은 피부 재생 테이프가 압력에 못 이겨 계속해서 떨어졌다. 내 눈앞에 펼쳐지는 모든 것이 견뎌지지 않았다. 비현실적인 높이로 팽창한 서후의 배를 가만히 바라보았다. 심박수 200에 가까워지는 심장에 얼굴을 가져다 댔다. 그 무엇도 제대로 생각할 수 없는 상태가 된 나는 지금이 아니면 할 수 없을 것 같다는 생각을 했다. 언제나처럼 서후의 오른편에 서서 언제나처럼 낮고 평평하게 누워 있는 내 아이의 몸을 아낌없이 보듬었다. 서후에게 내 울음을 들키지 않으려다 보니 어깨와 얼굴이 현란하게 들썩였다.

나는 서후와 이별을 하기로 결심했다. 나는 내 아이의 심장을 멈추어야 했다. 내가 아니면 아무도 할 수 없는 것을 해야만 했다. 나는 마지막 선택을 하기로 했다. 내 품에 안긴 서후의 몸이 참 아늑했다.

"서후야, 엄마가 이제 우리 서후 그만 아프게 해주자. 그렇게 해주자."

남편을 데리고 비상구 계단으로 갔다. 한동안 아무 말 없이 서로를 바라보기만 했다.

"여보, 우리 그만하자. 서후를 이제 그만 보내주자."

남편이 어린아이처럼 고개를 끄덕이며 울었다. 우리가 할수 있을까 하고 묻는 남편의 말에 우리가 아니면 할 수 없다고 대답했다. 우리도 함께 가야 하는 게 아니냐고 묻는 말에 우리는 살아야 한다고 대답했다. 그리고 또 함께 쩌렁쩌렁하게 울었다. 한 팀이었던 엄마 아빠에게도 내 선택을 알렸다. 그들은 동파된 수도 터지듯이 울음을 터뜨렸다. 나는 그 어느 때보다도 침착한 상태로 의사를 만나 모든 약을 멈춰 달라 말했고, 내 선택을 들은 소아과 전공의들은 고개를 떨구며 참담해했다. 우리는 동그란 테이블에 둘러앉아 서후의 치료를 중단하겠다는 서류에 내 이름 세 글자를 가지런히 써넣었다. 소식을 들은 소아과 전공의들이 서후에게 인사를 하겠다며 하나둘

방으로 찾아왔다. 그들이 "서후야, 고생 많았어." 하고 울음 섞인 소리를 내뱉을 때마다 서후를 둘러싼 우리 가족은 데시벨을 높여 울었다. 해가 저물어 나타난 주치의는 약물을 끊으면 오늘이든 내일이든 아이가 사망할 확률이 높다며 그 모습을 부모가 지켜보는 일이 쉽지 않을 거라고 했다. 그러니 지금이라도 중환자실로 이동하면 어떻겠냐는 제안을 했다. 나는 얼마 남지 않은 힘을 끌어 모아 새끼를 지키려는 짐승의 모습을 보였다. 손발톱을 바짝 세우고 눈을 부릅떴다. 그럼으로써 나는 서후에게 다시는 그곳에 너를 보내지 않겠다는 그나마의 약속을 지킬 수 있었다.

두 명의 간호사가 들어와 모든 약물 주입을 중단했다. 그리고 서후의 몸에 달린 히크만 카테터에서 라인을 분리했다. 얼마 지나지 않아 모니터의 심박수가 전자레인지의 줄어가는 숫자처럼 줄어들기 시작했다. 나의 엄마는 서후의 오른발에 얼굴을 파묻고 "할머니가 미안해."라는 말만 반복했다. 내가 겪고 있는 상황인데도 도무지 아무것도 이해가 가지 않았다. 아주 긴 꿈을 꾸고 있는 것 같았다. 나는 서후의 목에 달린 기관 절개 튜브 따위는 더 이상 안중에도 없이 서후를 끌어안았다. 서후의 귀 가까이에 입술을 댔다.

"서후야, 엄마는… 서후를 만나서… 정말 많이 행복했어. 엄마가… 서후를 낳은 건… 태어나서 제일로… 잘한 일이야. 엄마한테 와줘서 고마워…. 서후를 끝까지 지켜주지 못해서 미안해. 서후 잘… 들어야 돼. 엄마가 서후를… 정말로 많이 사랑해. 우리 이제 그만 아프고 코 자자…. 엄마가 안아주자. 꼭 안아주자. 계속계속 안아주자. 자장자장 우리 아가. 잘도 잔다 우리 아가. 자장자장 우리 아가. 잘도 잔다 우리 아가…."

서후의 손끝과 발끝의 색이 퍼렇게 변해 갔다. 입술색이 보랏빛으로 변해 갔다. 촛불은 다 타버리기 직전이 가장 밝다는 말은 결코 사람에게 해당되지 않았다. 오랜 시간 뻣뻣하게 굳어 있던 몸이 힘을 잃어갔다. 서후의 심박수가 한참을 60에 머물렀다.

"서후야, 그만… 이제 그만해도 괜찮아…. 우리 서후 너무 애썼어. 우리 아가 이제 그만 자자…. 자장 자장 우리 아가. 잘도 잔다. 우리 아가."

심장이 멈추었다는 알림이 울렸다. 약을 중단한 지 20분 만이었다. 의사는 벌건 눈으로 서후의 사망을 알렸다. 온기가 없는 서후의 발에 내가 신고 있던 양말을 벗어 신겼다. 침대 위로 올라가 정말 오랜만에 함께 누웠다. 품에 안은 서후가 한 뼘은 자라 있었다.

내 팔 위에 눕힌 서후의 얼굴이 더 이상 떨리지 않았다. 편 안해 보였다. 더 빨리 보내주지 못한 것이 미안해 더 많이 울 었다.

크리스마스트리가 반짝였다.

사람들

♦ ✤ ☀

우리가 할 수 있을지 상상을 하는 것만으로도 버거웠던 것들을 하나씩 해나갔다. 빈소의 크기와 꽃 장식을 골랐고, 영정으로 쓰일 사진을 골랐다. 조문객이 먹을 음식을 골랐고, 서후를 태워 이곳을 빠져나갈 차를 골랐다. 고인의 명복을 빈다는 인사를 시작으로 서후를 담아낼 것들에 대해 건조하게 설명하는 그녀를 보며, 내가 도대체 지금 무슨 일을 하고 있는 건지 자각이 잘 되지 않았다. 하지만 나는 해야 했다. 누군가는 아이가 누울 침대를 구입하고 있을 오후 2시 20분 15초에 서후가 눕게 될 관을 구입했고, 내가 고른 유골함 앞면에 고작 몇 마리의 나비가 그려져 있는 것이 왜인지 위안이 되었다. 이틀에 걸쳐 나와 남편이 선택한 모든 것은 온통 서후와의 이별을 도울 뿐이었다. 시커먼 옷을 입은 22기 개그맨 동기들이 서

201

후의 시신이 안치되기도 전에 병원으로 달려와 먼발치에서 나를 바라보았다. 한바탕 울어낸 얼굴로 나타난 개그우먼 친구들이 말없이 자꾸 나를 품에 안았다.

나물과 전, 과일 대신 서후가 듣기만 해도 엉덩이를 들썩일 과자와 사탕, 초콜릿으로 제사상을 채웠다. 결국 제 손으로 뜯지 못한 장난감 선물도, 형아가 돼서 학교에 가면 메자고 둘이 함께 사놓은 노란색 사각 책가방도, 이서후라는 이름이 쓰인 손때가 잔뜩 묻은 어린이집 가방도 한편에 자리를 차지했다. 틀어놓은 만화 주제곡을 들으며 빈소 구석에 앉아 있으면 바가지 머리를 들썩이며 방방 뛰어다니는 서후가 보이는 것 같기도 했다. 서후가 입을 수의를 준비했다. 나의 친구들이 나 대신 쇼핑몰을 돌고 돌아, 보는 것만으로도 눈물이 차오르는 예쁜 옷을 사다 주었다. 본인 몸보다 두 배는 부풀어 오른 배를 감쌀 수 있도록 바지의 허리를 수선하고, 쇠로 된 셔츠의 단추를 제거했다. 흰 셔츠와 면바지, 데님 재킷과 주황색 비니, 노란색 양말을 정성스럽게 접어 장례 지도사에게 건넸다. 남편과 나는 소독제가 아닌 따뜻한 물수건으로만 아이를 닦아주십사 부탁하며 최대한 낮게 머리를 숙였다.

20년을 봐온 연극과 대학 동기 10명 남짓이 대낮부터 소주병으로 어마어마한 녹색 빛을 만들어냈다. 이럴 거면 조의금을 조금 더 내는 게 어떻겠냐고 말했더니 그럴 거면 다른 곳으로 자리를 옮기겠다는 대답이 돌아왔다. 내일이 없는 것처럼 소주를 들이켜는 친구(놈)들을 보며 서후가 우리를 떠나는 길이 조금은 덜 외롭겠다는 생각을 했고, 다음 날 그(놈)들이 또 똑같은 자리에 앉아 있는 것을 보았을 때는 두 발자국 정도 뒷걸음질을 쳤다. 커다란 모자로 얼굴을 감추고 나타난 박나래는 빈소에 발의 앞코만 들이밀었는데도 '바아아악나아아아래애애애'였고, 출산을 하루 이틀 앞두고 있어 철저하게 소식을 알리지 않았는데도 경미 언니는 지금의 진이를 품고 걸어와 서후의 영정 앞에서 하염없이 울었다. 후배 류근지가, 서후가 생전에 배꼽을 잡고 웃었던 기린 개인기를 "서후야~ 잘 봐!"라는 말과 함께 영정 앞에서 보여줬다. 그것을 시작으로 개그맨들이 너도나도 서후를 바라보며 얼굴을 구기고 몸을 엇박자로 흔들어댔다. 마치 여기가 개그 콘테스트 현장인가 싶었다. 돗자리 위에서 사진 속의 내 아이를 바라보며 힘을 빼는 그들을 보며 다시금 개그우먼이 되길 참으로 잘했다는 생각을 했다. 느지막이 나타난 김준현 오빠는 음식이 입에 잘 맞았는지 당분간은 고기는 안 먹겠지 싶을 만큼 수육을 흡입하더니 돼지 10마리를 살 수도 있겠다 싶을 정도의 부조금을 건네고 갔다. 마음을 도울 수 있는 게 이런 것뿐이라 미안하다고 메시지가 왔기에 앞으로도 마음을 도울 일이 생긴다면 이런 방법이면 좋겠다고 답장했다. 대낮부터 앉아 혼자 소주를 얼큰하게 마신 박영진 오빠가 빈소를 나서며 나에게 말했다.

"내일 오냐? 일 없으면 와. 나도 일 마치는 대로 올게."
"응. 이거보다 큰일은 없을 것 같으니 와야지."

절망만 가득했던 시간 안에 누군가의 '유머'는 틈틈이 나를 살게 했다. 그것은 어쩌면 우리가 살아가는 데에 반드시 필요한 것이 아닐까 한다. 없어선 안 되는 소중한 것들은 눈에 보이지 않는다는 점도 참 재미있다.

공기, 시간, 평화, 자유, 사랑, 우정 그리고 유머.

장례 지도사가 빈소로 찾아와 우리 가족을 서후에게 데리고 갔다. 입관식이었다. 숨을 크게 고르고 서후에게 갔다. 미처 발길이 닿기도 전에 주황색 비니가 눈에 들어오자 온 가족이 '아이고 아이고'와 비슷한 말들을 쏟아냈다. 초등학교에 입학하는 서후는 어떤 모습으로 성장해 있을까 하는 생각을 자주 했었는데 상상 속에서만 그렸던 서후가 아주 예쁘게 옷을 입고 정자세로 누워 있었다. 미처 감춰지지 못한 손끝이 얼음 장처럼 차갑고 어두웠다. 내 두 손으로 잡아 입김을 불어댔는데 아무리 뜨거운 숨을 뽑아내도 여전히 차갑고 어두웠다. 모두 서후를 안으며 폭포수처럼 눈물을 쏟아냈다. 내가 고른 관 안에 서후를 가지런히 눕혔다. 한 뼘은 자란 서후의 몸이라도, 그 커다란 나무 상자의 고작 반을 채웠다. 한글 공부를 하지 못한 서후에게 공책과 연필을, 겨울에 입을 패딩 점퍼와 갈아 신을 양말을, 장난감을 살 때마다 버리지 않고 모아 두었던 장난감 박스도, 그동안 서후가 받은 편지도 함께 넣어주었다. 내가 쓴 편지의 마지막엔 내 전화번호와 우리 집 주소를 써두었다. 그리고 나도 다신 만질 수도, 만날 수도 없는 서후에게 마지막 인사를 했다.

"서후야, 가다가 길 모르면 '저도 같이 데려가 주세요.' 하고 꼭 얘기해. 양말 혼자 못 신으면 '도와주세요.' 하고 말하고, 서후 추운 거 싫어하니까 겨울 되면 푹신푹신한 점퍼 꼭 입어. 먹고 싶었던 것도 다 먹고 친구들 만나서 배틀도 하고, 신나게 뛰어놀아. 지선이 이모 만나면 서후가 너무 많이 커서 못 알아볼 수도 있으니까 '이모, 저 서후예요.' 하고 얘기해. 이모한테 글자도 배우고 병수 삼촌한테 태권도 배워. 성현주는 이서후를 만나서 많이 행복했어. 사랑해. 이 세상에서 서후를 엄마가 제일로 사랑해. 조심해서 잘 가. 우리 아가."

4일장이 끝나는 날, 흰 장갑을 낀 개그맨 동기 6명이 서후가 누워 있는 나무 상자를 들고 빈소를 뒤로했다. 나는 들쑥날쑥한 걸음으로 그 뒤를 따랐다. 남편과 함께 서후를 태운 리무진 뒷자석에 앉자 여명이 비춰 왔다. 우리 세 식구가 타고 있는 검은색 차가 천천히 움직였다. 창문 밖으로 고개를 돌렸다. 검은 옷을 입고 마스크를 쓴 사람들이 아랫배 앞에 두 손을 모으고 우리를 향해 고개를 숙였다. 그간 나의 안위를 돌본 '사람들'이었다. 그들은 우리가 멀어질 때까지 한동안 고개를 들지 않았다.

우리 셋은 비로소 함께, 병원을 빠져나왔다.

어느덧 한 해가 저물어 가고 있었다.

우리의 밤

◆ ❄ ☀

나는 매주 촬영하는 서후의 폐 엑스레이 사진을 내 휴대폰에 모두 담았다. 어느 부위에 가래가 있는지 눈을 부라리며 찾았고, 서후의 몸을 엎고 뒤집어 가며 스스로 끌어 모을 수도, 뱉어낼 수도 없는 폐 속 그놈들을 끄집어냈다. 딱딱한 카테터를 서후의 폐 안으로 무수하게 밀어 넣으면서도, 20.8%의 산소를 자유자재로 들이마시는 나는 그 고통을 가늠할 수 없었지만, 나에게는 또 다른 선택지도 없었기에 매 순간 이를 악물고 석션기의 압력을 올렸다.

서후가 떠난 후의 어느 새벽녘, 별안간에 몸을 일으킨 나는 자고 있는 남편을 깨웠다.

"여보! 나 미쳤나 봐!! 어머 정신 나갔어!! 나 가래를 얼마 동안 안 뽑은 거지? 가래 뽑은 기억이 왜 없지? 불 좀 켜봐 봐 ~! 불을 다 끄면 어떡해!"

나는 금세 이곳이 병원이 아니라는 것도, 서후가 옆에 없 다는 것도 알아차리고 말았지만 이 푹신한 침대에서 통잠을 잤다는 죄책감에 차라리 지금 내가 멀쩡한 정신을 가진 사람 이 아니기를 바랐다. 내 입에서 나오는 소리들이 모두 웅웅거 리는 것 같았다.

"서후가… 서후가 왜 없어 여보… 어디 갔어… 여보랑 나랑 둘 다 이렇게 같이 집에 있으면 어떡해… 병원에 가자…. 서후 한테 가자, 여보. 가서 가래 뽑아주자… 여보 제발…."

암순응에 의해 남편의 얼굴이 점차 선명하게 보였다.

"병원에 가도… 가도 서후는 없어. 현주야…."

5

◆
※
☀

당신이 있어 참 고맙다

두 사람

◆ ❅ ☀

대전에 사는 외숙모와 외삼촌은 한 번씩 각종 김치나 밑반찬을 가득 준비하여 병원에 오신다. 지하 주차장으로 나를 불러내 양손에 한가득 쥐어주고는 급히 자리를 떠나곤 하신다. 조카에게 닥친 상황이 너무도 애통하여 쉽게 입을 떼지 못하시고 애꿎은 두 손만 비비적대다가 혹여나 눈물이라도 보일까 싶어 서둘러 자리를 떠나신다. 그럼 나는 최대한 밝은 얼굴로 그들을 배웅하고 보자기 속의 온기 가득한 음식들과 함께 보호자 대기실로 돌아와 급한 마음에 찬기의 뚜껑을 연다.

그 안에는 포슬포슬한 수육이 열을 맞추어 가지런히 누워 있다. 그것을 감싸던 김이 모락모락 내 얼굴을 스치고는 주변으로 흩어지며 내 처지마저 잊게 해준다. 냄새가 나가지 않도록 뚜껑을 반만 열어 수육과 곁들인 겉절이를 얼른 하나 입안으로 집어넣고는 오물오물 씹는데, 서후가 어린이집에서 친구에게 뺏길까 싶어 작은 손으로 반찬을 가리고 먹는다 했던 선생님의 말이 떠오른다. 나는 또 그 시절의 서후가 그리워져 고개를 파묻는다. 하지만 그것도 잠시, 이내 또 힘을 내어 면회 준비를 한다. 정성껏 만든 온기 가득한 음식. 그것은 곧 내가 잊어서는 안 될 더없이 귀한 마음이며 나와 서후를 일으킬 수 있는 힘이었다.

그 말이 그렇게 슬프더라

◆ ❀ ☀

서후의 아침 정리를 마치고 점심 먹을 준비를 하고 있던 어느 날 아침이었다. 엄마가 휴대폰을 손에서 놓지 못하고 온갖 검색을 하고 있는 모습을 보았다. 무슨 일인가 싶어 물었더니 엄마에게 돌아온 말은 나마저 모든 것을 멈추게 만들었다.

"루게릭이 뭐야? 외숙모가 루게릭 병이래~ 이게 다 무슨 말이야?"

아연실색하여 서 있을 뿐 내가 가진 눈물은 내 자식을 위해서만 쏟아내는지 눈물 한 방울 흘려내지 못하고 우리는 버거운 하루를 살아냈다. 그 후로 종종 외숙모와 식구들이 좋아할 만한 음식들을 보내드리는 것 따위가 내가 할 수 있는 전부

였고, 서후가 떠난 후 우리는 그 소식을 외숙모에게 알리지 않았다. 아니 알리지 못했다. 얼마 되지 않아 사촌 동생에게 메시지가 도착했다.

《언니! 새해 복 많이 받으세요. 엄마한테 맛있는 거 많이 보내주셔서 감사 인사를 꼭 전하고 싶었어요~ 정말 큰 위로가 됐어요! 저희 항상 밤에 기도하는데 엄마 아빠가 서후 위한 기도 잊지 않고 꼭 하세요! 보고 싶어요, 언니!》

그들의 세상에 서후는 여전히 살고 있었다. 내가 소식을 알리지 않은 다른 누군가의 세상에서 서후는 살고 있었다. 단지 내 두 눈으로 볼 수 없고, 만날 수 없을 뿐. 그 사실에 가슴팍을 두들겨대다가도 그들이 계속 그것을 모르기를, 그 세상에서나마 서후가 단단하게 존재하기를 바랐다.

친구를 만나기 위해 대전으로 향하는 기차 안에서 창밖을 바라보는데 별안간에 외숙모가 떠올랐다. 먹을거리를 보내던 주소를 급히 검색한 뒤 친구에게 양해를 구하고는 신탄진역에 하차했다. 그 시간이 아니면 안 될 것 같았다. 거주하는 곳 밑에서 사촌 동생이 프랜차이즈 카페를 맡고 있다는 이야기를 전해 들었고, 다행히 찾아간 곳에서 동생을 만날 수 있었다. 간단한 안부를 주고받고 근처 마트를 찾아 과일과 고기를 아낌없이 담았다.

문을 열자 소식을 듣고 내려온 외숙모가 편치 않은 걸음걸이로 두 팔 벌려 나에게 몸을 옮겨 왔다. 그녀는 나에게 기대어 참아온 눈물을 쏟아내셨고 가족들은 그것을 가만히 바라보았다. 마음 편히 쏟아낼 수 없었던 엄마의 눈물을, 속 시원히 울어내는 아내의 소리를 그저 곁에서 가만히 바라보고 들어주었다. 나는 최선을 다해 그녀의 야윈 등을 규칙적으로 쓸어내렸다. 외숙모에게 닥친 시련이 도무지 괜찮아 보이지 않아서 괜찮다고, 괜찮을 거라고 말해 줄 수 없었다.

외숙모의 얼굴엔 그간의 더께가 잔뜩 묻어 있었다. 얼마 전 서후의 소식을 듣게 되었고 몸이 더 불편해지기 전에 현주에게 가고 싶었는데 네가 이렇게 와주어 얼마나 감사하고 행복한지 모른다며 고맙다는 말을 연이어 내뱉으셨다. 우리는 어릴 적 이야기부터 서후에 관한 이야기까지 나누며 소리 내어 웃기도, 숨죽여 울기도 했다. 서로가 서로를 위로하고 위로받으며 이야기에 흠뻑 빠진 나는 말을 이었다.

"외숙모, 저는 이제 죽는 게 무섭지가 않아요. 서후를 만날 수도 있지 않을까 해서요."

죽음을 선고받은 사람에게, 그것을 향해 누구보다 빠른 걸음으로 성큼성큼 걷고 있을지도 모르는 존재에게, 굳이 애써 죽음을 생각해야 할 필요가 없는 내가 감히 죽음이 무섭지 않다고 말했다. 추운 날엔 감기에 걸릴까 싶어 두꺼운 패딩을 꺼내 입고 온갖 영양제를 털어 먹는 내가, 돌부리에 걸려 휘청이면 내 몸 어디라도 다칠까 싶어 애써 중심을 잡고, 아침이면 미세 먼지를 체크하는 내가. 나는 정말 죽음이 무섭지 않을까. 그렇다면 내 눈앞의 외숙모가 왜 그토록 가여울까. 자식을 잃은 나와 자식을 두고 떠나야만 하는 그녀 중 누가 더 비통하다 할 수 있을까. 나는 왜 이따위 것을 저울질하고 있을까. 나는 서후의 죽음을 감상적 대상으로 이용하고 있는 건 아닐까. 어느새 위로받아야만 하는 사람의 삶을 즐기고 있는 건 아닐까. 나는 살고 싶었다. 누구보다도 더 살고 싶었다. 물컵을 감싼 손이 떨려 컵 안의 물까지 요동쳤다. 정신이 아뜩해졌다.

그녀는 그저 내 손을 잡아주어 내가 내세우는 나의 슬픔을 말없이 보듬어주었다.

돌아오는 기차에서 유독 잊히지 않는 그녀의 말을 떠올렸다.

"내가 남들보다 조금 더 빨리 주님 앞으로 간다고 생각해. 그래도 이렇게 사랑하는 사람들과 작별할 시간을 주셨잖아. 의사 선생님이 먹고 싶은 것도 많이 먹고 가고 싶은 곳도 다 가라고 하시더라. 정말 그렇게 하려고! 그런데 현주야, 먹고 싶은 거 다 먹으라는데, 가고 싶은데 다 가라는데… 근데 외숙모는 그 말이 그렇게 슬프더라."

괜찮다고, 괜찮을 거라고 말해 드리지 못한 것이 후회스러워 고개를 떨구었다.

세상엔, 함부로 헤아릴 수 없는 아픔이 너무 많다.

왕할머니의 어떤 하루

◆ ❀ ☀

"우리 박일동 씨 이뻐졌네?? 내가 누구여?"

"누구긴 누구여~ 현주 아니여?"

"어이구~ 우리 할머니 대단하네!!"

3년 하고도 반 년 만이다. 수조 속 물고기처럼 눈만 껌뻑껌뻑하는 할머니 얼굴이 어찌나 무기질적인지, 객쩍은 소리들을 늘어놓아도 그녀의 얼굴은 솜털 하나 움직일 생각이 없어 보인다. 할머니의 기쁨과 슬픔을 관장하는 뇌의 어떤 부분이 퇴색된 걸까. 그것도 아니라면 할머니는 백 년을 가까이 사셨으니까, 우리보다 훨씬 더 어른이니까 그 정도 감정쯤엔 초연해질 수 있는 걸까. 미처 몇 해를 살아보지 못한 증손주가 얼마 전 세상을 떠났다는 것을 알게 된다면 그 사실을 슬퍼할 수는 있을까. 할머니가 그마저도 초연하다면 나는 어떻게 그럴 수 있냐며 따져 물어야 할까. 아니면 슬퍼할 수 없는 할머니를 슬퍼해야 하는 걸까. 나는 무엇을 기대했던 것일까. 요놈들 왜 이제야 왔냐고 눈물을 뚝뚝 흘려내는 할머니를 기대했던 것일까.

그간 서후의 곁을 비울 수 없었던 나는 엄마 아빠와 함께 할머니가 계신 요양원을 찾았다. 당신에게 캐러멜을 나누어 주었던 증손주가 이젠 이 세상 어디에도 없다는 사실을 알지 못하는 나의 할머니는 코로나19로 인해 긴 시간 요양원 건물 밖을 나서지 못하고 있었다. 약속한 시간이 되어 건물 앞의 벨을 누르고 유리벽 앞에 서자 휠체어에 실린 할머니의 모습이 멀리서 보이기 시작했다. 꽃 코르사주가 달린 보라색 모자, 또 꽃으로 잔뜩 누벼진 탁한 톤의 보라색 점퍼와 그녀의 유일한 외출복일 쥐색 바지를 입은 할머니가 초점을 잃은 눈빛으로 우리와 가까워졌다. 면회를 위해 급히 가꿔진 할머니의 모습이 마치 후원자의 눈에 띄기 위해 가꿔진 아이처럼 느껴져 어딘가가 아려 왔다. 이어 발받침 위에 놓인 흰색 실내화를 신은 할머니의 발이 눈에 들어왔다. 너무도 가지런한 할머니의 발은 언제나 나에 의해 가지런했던 서후의 몸을 떠오르게 했다.

유리벽을 사이에 두고 우리의 반대편에 휠체어가 멈췄다. 공익 근무요원이 전화선이 돌돌 말린 흰색 유선 전화기를 들어 할머니 귀에 대어주고는 우리 중 누군가가 수화기를 집어 들기를 기다렸지만, 우리 모두는 다음으로 해야 할 행동을 잊고 할머니 얼굴만 멍하니 바라봤다. 그가 난처해하며 우리 앞에 수화기를 흔들어댔다. 내가 먼저 집어 들어 입을 열었는데 눈물이 터져 나왔다. 손녀딸의 눈물에도 할머니의 얼굴은 건조했다. 그런 할머니의 얼굴이 할아버지의 입관식이 있었던 날과 같아 보였다. 영혼이 빠져간 남편의 모습을 바라보는 할머니의 얼굴에 표정도 눈물도 없다는 것이, 몸도 마음도 여물지 않았던 나의 눈에 무척이나 기이해 보였다. 오늘도 할머니는 그날과 같아 보였다.

서후는 박일동 할머니를 왕할머니라고 불렀다. 연세에 비해 몸집이 크기도 하고 서열이 높으며 서후를 왕왕 화나게 하기도 했기 때문이다. 그녀는 서후가 들고 있는 캐러멜이나 사탕을 탐내는 보기 드문 존재이고, '요놈! 저놈! 고얀 놈!'과 같은 본능적으로도 들으면 기분이 별로인 말들을 서슴없이 내뱉는 존재였다. 서후가 노래를 부르느라 허리에 얄궂게 손을 얹고 무릎을 굼닐어 가며 온갖 관심과 사랑을 받고 있을 때면, 몇 배는 더 큰 데시벨로 노래를 불러 서후의 목소리를 덮어버린다. 그렇기에 왕할머니를 만나면 괜스레 입을 삐죽거린다. 4세의 아량으로는 도무지 이해하기가 힘들다. 하지만 때때로 손에 쥔 새콤달콤의 포장지를 어렵사리 까내어 그중 하나를 단단히 쥐고는 그녀에게 걸어가 화투패 옆에 시크하게 내려놓고 서둘러 자리를 뜨기도 한다. 그 모습을 보고 있으면 어릴 적 할머니 허벅다리를 베개 삼아 당신의 소싯적 이야기를 듣던 내가 생명을 잉태하여 그 생명체와 할머니의 투 샷을 보고 있다니 하는 감성에 젖어 신묘하고 또 뭉클해지기도 했다.

아빠가 젖은 수화기를 나에게서 빼앗아 갔다.

"엄마~ 잘 계셨어? 미안해유~! 아들이 힘든 일을 겪느라 엄마 보러 이제야 왔어."

아빠는 유리벽에 가까이 붙더니 할머니를 보며 크게 말했다. 귀에 대고 있는 수화기가 무용했다. 순간 할머니의 미동 없던 눈이 아빠를 향했다. 그러고는 이내 붉어졌다. 할머니의 슬픈 눈을 보는 것이 얼마 만인지 우리는 모두 함께 엄청난 양의 눈물을 쏟아냈다. 나는 내 자식을 지켰고 아빠는 그런 나를 지켰다. 아빠의 엄마는 당신의 아들이 절절하게 그리웠고, 나는 그런 할머니의 마음을 알아도 모른 체했다. 할머니의 눈을 보며 아빠도 누군가의 아들이었음을 절감했다.

"아무도 와서 나를 안아주지를 않아… 왜 손 한 번 잡아주지를 않아… 내가 죽어야 하는데 죽지를 않아… 어뜨캬…"

유리문으로 바짝 다가간 나는 서후에게 이야기하듯 말끝을 높여가며 아주 천천히 말했다.

"할머니! 우리 할머니 코로나 뭔지 알지? 이제 조금만 지나면 그거 전부 없어질 거야! 그러면 내가 할머니 옆자리에 태워서 꽃구경도 가고 바다 구경도 가고 할게! 약속해! 그러니까 할머니 죽으면 안 돼! 알겠지? 죽는 거 싫어~ 할머니 죽으면 내가 할머니한테도 약속을 못 지키잖아~ 알겠지?"

"그려? 그려 그럼! 현주가 죽지 말라고 하믄 내가 안 죽을 겨!"

"응! 우리 할머니 잘한다! 내가 금방 또 올 테니까 꼭 약속 지켜야 돼!"

"그리고 할머니… 할머니 아들 힘들게 해서… 내가 많이 미안해…."

할머니가 영문을 모르고 고개를 끄덕였다. 두 개의 수화기가 제자리를 찾고 휠체어 바퀴가 움직였다. 하얀 실내화가 신겨진 두 발이 가지런히 올려진 휠체어가 시야에서 사라졌다. 할머니가 사라진 그곳을 바라보며 생각했다.

침대로 돌아간 할머니는 어떤 옷을 입고 있을지,

어떤 생각을 할지,

무얼 하며 하루를 보낼지,

어떤 음식을 먹을지,

나와의 약속을 기억할 수 있을지,

잠이 안 올 땐 어떻게 그 긴 밤을 보낼지,

하루에 몇 개의 문장을 말하고 사는지,

그 와중에도 할머니를 행복하게 만드는 무언가가 있는지,

죽는 게… 무섭지는 않은지.

할머니와 함께 시야에서 사라졌던 공익 근무요원이 돌아와 의자에 털썩 주저앉더니 왼쪽 발을 요란하게 떨며 스마트폰을 꺼내 들었다. 모든 게 꿈같았다.

마음이 큰 아빠

◆ ✻ ☀

　결혼 후 신혼여행에서 돌아오니 내게 생경한 호칭들이 우수수 떨어져 있었다. '아버님' '어머님' 정도는 식은 죽을 무려 넷플릭스를 보며 먹는 정도의 난이도였다. 문제는 '형님'이나 '아주버님'이었다. 여성의 성을 가지고 태어난 내가 여자의 성을 가진 사람에게 '형님' 하고 부르는 게 어찌나 겸연쩍은지, 여간 쑥스러운 일이 아니었다.

　여기서 끝이 아니다. 진짜 어려운 것은 '아주버님'이라는 네 글자였다. 아주머니도 어색한 마당에 '아주버님'이라니, 남편의 형을 만나야 하는 날에는 지레 그 걱정으로 대뇌를 가득 채웠다. "뭐든 처음이 어려운 거야."라는 남편의 말에 동의했지만, 그 어려운 처음을 유연하고 능글맞게 소화해 내기에 나는 낭랑 20대의 나이였다. 그런 20대는 '아주버님'의 마지막 두 글자를 흘려 말하거나 용건이 있을 때마다 가까이 다가가 어깨를 툭툭 건드렸다. 나와 열 살 차이가 나는 아주버님은 그런 나의 속내를 눈치채고 내가 원하는 것이 있어 보이면 서둘러 "제수씨 왜요?" 하고 선수를 친다거나 "시댁 오니까 별게 다 어렵죠?" 하며 마음을 써주었다.

삼촌들보다는 이모들을 자주 접하며 자라온 때문인지 남자 사람에게 친화적이지 않은 서후가 버선발로 뛰어가 안기는 남자 사람 중 한 명이 큰아빠였다. 서후의 발음대로라면 '크아빠'. 아빠와 목소리도 외형도 닮아 있어서 친근한가 보다라는 남편과 나의 생각을 뒤엎는 대화였다.

"서후야, 큰아빠 좋아? 아빠랑 쌍둥이처럼 닮아서 좋은가 보다."

"크아빠가 이터후 좋아하고 사당하니까 터후도 크아빠 좋아, 엄마."

이 어른이 나를 사랑하고 있다는 것을, 작은 인간에게 충만하게 느끼게 해주었던 서후의 크아빠는 그 시절 나와 남편의 든든한 보호자였다.

회사 일이 끝나면 우리가 있는 병원으로 퇴근하신다. 본인의 이름 두 글자가 쓰인 파란색 줄무늬 슬리퍼로 갈아 신은 후에 유일한 말동무인 보안요원에게 가서 밀린 수다를 나눈다. 그렇게 그는 그날의 저녁 일과를 시작한다. 아주버님 또래의 유난히 마음 좋은 보안요원은 아주버님을 '서후 큰아빠'라고 불렀다. 서후가 매개가 되는 세상 안에서 우리는 모두가 모두에게 두 글자로 시작되는 이름으로 불리었다.

'서후 할아버지', '서후 할머니', '서후 아빠', '서후 엄마', '서후 큰아빠' '서후 삼촌'….

"서후야~ 큰아빠 왔다! 서후 얼굴이 좋아 보이네~~"

아주버님이 서후를 만나면 내뱉는 변함없는 문장이다. 한 글자는커녕 자음 하나 바뀌는 적이 없고 자음은커녕 저 문장 안에 깃든 억양과 리듬까지 변함이 없다. 개그우먼 제수씨는 그 기회를 놓칠세라 아주버님의 한결같은 두 문장에 함께 입을 움직였다.

"서후야~ 큰아빠 왔다! 서후 얼굴이 좋아 보이네~~"

서후와 만날 때는 바람이 일절 통하지 않는 비닐 가운을 입어야 하는 것을 감안하여 한겨울에도 두꺼운 패딩 안으로 반팔 티셔츠를 챙겨 입는 그를 보며, 병원 내 샤워실을 내 집 샤워실처럼 이용하는 그를 보며, 우리 세 식구가 그려진 그림 한편에 본인의 모습을 그려가는 그를 보며 나는 또다시 비닐 가운이 주는 온기 이상의 은혜를 입었다.

하루아침에 서후가 존재하지 않는 집 안으로 몸을 옮기는 일은 남편과 나에게 엄청난 고통이 따르는 일이었다. 우리가 앞으로 긴 싸움을 하게 될 것이라는 사실을 받아들이게 되고, 늦은 밤에 잠을 청하기 위해 집으로 향하는 차의 뒷자리에는 언제나 아주버님이 묵묵히 앉아 있었다. 예민의 끝을 달리는 우리가 먼지보다도 사소한 일로 말다툼을 벌일 때에도, 하루가 지나도 이틀이 지나도 도무지 믿기지 않는 현실에 눈물을 쏟아낼 때에도, 그가 우리 뒤에 앉아 있었다. 불과 얼마 전까지도 셋이 함께 몸을 뉘였던 침대에, 셋이 아닌 둘이 몸을 누이고 잠을 청할 때에도, 거실에 간소하게 이부자리를 펴고 요란하게 코를 곯던 그가 있었다. 그 코곯이 소리가 대체 왜 우리를 덜 외롭게 하는지, 왜 우리를 잠에 들게 하는지 알지 못한 채 깊은 잠에 빠졌다.

한 인간을 보호할 의무를 가지고 살아가던 우리는, 우리를 보호해 줄 누군가가 필요해졌다. 가끔 어린아이처럼 울었고 자주 좌절했다. 신은 감당할 수 있을 정도의 고통만 주신다는 말 따위는 믿지 않게 되었다.

이 글을 쓰다가 아주버님이 방이 아닌 꼭 거실에 매일같이 이부자리를 폈던 게 생각나 메시지를 보냈다.

《아주버님! 우리 집에 와서 주무실 때 왜 항상 방 말고 거실에서 주무셨어요? 지켜야겠다… 뭐 그런 사명감…이었나요? ㅎㅎㅎㅎ》

《TV 보려고 그랬는데요? 왜요?》

신은 감당할 수 없을 정도의 고통을 주신다.

다행인 건, 감당해 내도록 돕는 '사람'도 함께 주신다. 내가
산증인이다.

용감한 수호자

♦ ❋ ☀

연극 〈리처드 3세〉를 관극하고 황정민 배우의 무한한 에너지에 충만해진 나머지 귀갓길에 소주를 콸콸콸콸콸 마셨다. 《공연을 보고 나면 유난히 마음이 공허해》라고 남편에게 메시지를 보냈더니, 《그냥 마셔》라는 답장이 왔기에 그냥 마셨다. 콸콸콸콸콸. 술집에서 나와 전철역까지 가는 길에 예술의 전당 앞에 다시 걸음을 멈췄다. 벽 한 면을 가득 채운 황정민 배우의 얼굴을 바라보며 "고생하셨습니다…"라고 말하며 90도로 상체를 굽힌 기억은 왜인지 사라지지도 않고 숙취와 어우러져 나를 괴롭혔고, 다음 날 남편은 "혹시 술 마시려고 공연 보는 건 아니지?"라는 상쾌한 아침 인사를 전했다.

감당하기 힘든 숙취에 시달리는 날은 엄마가 존재하는 공간으로 몸을 옮긴다. 몸에 주사 줄만 꽂지 않을 뿐이지 간호 수준의 보살핌을 받을 수 있기 때문이다. 그날도 엄마의 해장 밥과 온수 매트 위 단잠의 보조를 받아 어느 정도 숙취에서 벗어난 나는 미디어의 숲에 빠져 있었다. 대뜸 엄마에게 MBTI 성격 유형 검사를 해줘야겠다는 생각이 들어 엄마의 휴대폰을 집어 들었다. 이곳이 과연 실내가 맞는지 싶게 패딩 조끼와 목도리, 수면 양말로 무장한 엄마는 군데군데 찌그러진 스테인리스 양푼을 허벅지 위에 올려놓고 갈비찜에 넣을 밤을 까고 있었다.

"엄마! 성격 검사 해볼래?"

"뭐를 검사해? 아이, 나 안 나가~ 추워."

"아니, 누가 나가재? 이게 MBTI라는 건데 요즘에 사람들이 엄청 많이 해~ 내가 질문하면 엄마가 생각해 보고 그냥 대답하면 돼."

"그래? 그럼 해봐 봐."

거실에 깔아놓은 온수 매트 위에 가장 편한 자세로 누워 이불 속에 몸을 파묻은 나는 현란하게 밤의 껍질을 벗겨내고 있는 엄마에게 첫 번째 질문을 시작했다.

"첫 번째 질문! 다른 사람들에게 자신을 소개하는 것을 어려워합니다."

"나를 뭐한다고 어디다 소개해?"

"아니, 엄마한테 진짜로 소개를 하라는 게 아니고 그런 상황이 되면 어떻겠냐고?"

"내가 사람을 만날 일이 없어. 그리고 엄마는 뭐 누구 만나고 그러는 것보다 집에서 테레비나 보고 마늘이나 까고 이러는 게 지일 행복해~"

"아니, 나도 엄마가 그걸 좋아하는 건 알겠는데 뭐든 대답을 해줘야 검사를 하지~ 질문이 이거 말고도 엄청 많은데 하나 대답하는 데 이렇게 오래 걸리면…"

"아우~~!! 어려워!! 어려워~!!"

"많이 어려워? 적당히 어려워?"

"아니, 뭘 또 그런 거까지 말해야 돼? 많이 어렵다고 적어, 그럼."

나는 괜한 걸 시작했나 하는 약간의 후회와 함께 깊은 숨을 내쉬었다. 엄마의 손을 거친 생밤이 규칙적으로 낙하하는 소리가 TV 소리와 어우러졌고 나는 다음 질문을 위해 화면을 끌어 올렸다.

"이메일에 가능한 한 빨리 회신하려고 하고 지저분한 편지함을 참을 수 없습니다."

"이메일? 그거 컴퓨터에 오는 편지? 나는 그거 없는데?"

"엄마 휴대폰에 문자!! 엄마가 안 읽고 쌓여 있는 거! 그거 많이 있으면 신경 쓰여?"

"아우~ 그런 거 하나도 안 신경 쓰여. 아무렇지도 않어~ 그거 말고도 신경 쓸 게…."

"아아~ 알겠어! 비동의!"

"참! 말 나온 김에 너 거기 문자 좀 들어가 봐~ 너 진로마트 알지, 호매실동에 있는 것. 거기서 자꾸 문자 와~ 이사 와서 거기 갈 일도 없는데 자꾸 세일한다고 문자를 보내냐~ 그것 좀 안 오게 해봐 봐."

"아니, 엄마! 신경이 안 쓰인다며~ 그냥 두면 되지, 뭘 또 안 오게 해?"

"누가 뭐래? 네가 말한 거는 아무렇지도 않다니까? 진로마트는 맨날 문자가 오니까…"

"그게 신경이 쓰이는 거야~ 엄마."

"너는 왜 내가 안 쓰인다는데 네 맘대로 그렇게 생각을 해! 그럼 뭐하러 물어봐~ 네 맘대로 다 하지. 너는 꼭 그러더라?"

엄마가 손에 쥔 것이 유난히 더 날카로워 보여 나는 나의 심리 상태와 상관없이 수십 개의 질문을 다시금 쏟아냈다. 《집과 업무 환경이 잘 정돈되어 있습니다》라는 질문에서는 아빠가 어떤 식으로 집을 어지르고 엄마가 얼마나 빠른 시간 안에 그것을 치우는지에 관한 이야기와 더불어 아빠가 주머니를 비우지 않고 세탁기 안에 옷을 집어넣어 엄마가 아빠의 차 키나 천 원권, 만 원권 지폐를 자주 햇볕에 말려야 하는 지긋지긋한 수고스러움에 대하여 들을 수 있었다. 《부모로서 자녀가 똑똑하기보다는 착하게 성장하기를 바랍니다》라는 질문에서는 엄마의 딸이 착한 것도 중요하지만 그보다는 똑똑하기를 바랐는데 그 딸이 손톱만큼도 똑똑한 편은 아니었다는 이야기를 들으며 '우리 엄마도 누군가를 조롱할 때는 저렇게 비열하게 웃는구나.'와 같은 깨달음을 얻었고, 《꿈이 현실 세계와 사건에 중점을 두는 경향이 있습니다》라는 질문에서는 '꿈'이라는 한 글자로 인해 잘 때 꾸는 '꿈'이 아닌 엄마가 품었던 '꿈'에 대한 이야기를 들을 수 있었다.

5남매 중 유일하게 여성인 엄마는 유일하게 대학에 진학하지 못했다. 아니 진학시키지 않았다. 초등학생 시절, 나는 학년이 오를 때마다 그때는 다들 그러곤 했다며 그 사실을 당연하게 받아들이는 엄마의 학력을 '고졸'이라는 두 글자로 누군가에게 알려야 했다. 그 시절의 내가 느낀 잔잔한 부끄러움은 미안함을 가득 머금은 거대한 파도가 되어 돌아왔다. 그러함에도 '우리 오빠' '우리 동생'을 입에 달고 사는 엄마를 보며, 남자 형제들의 휘황찬란한 학력을 머릿속에 저장해 두고 언제든 술술 꺼내놓는 엄마를 보며 가족이란 대체 무엇일까에 대하여 잠시 생각했다.

엄마가 TV와 까던 밤을 번갈아 가며 한 번씩 들여다보는데 밤을 들여다볼 때마다 엄마의 정수리가 좀 더 수월하게 내 눈에 들어왔다. 뿌리 염색을 할 시기가 훌쩍 지났는지 정수리가 새하얬다.

"염색할 때 된 거 아니야?"

"응~ 근데 뭐 요즘은 집에만 있으니까 괜찮어. 좀 더 있다 할라구~ 요 앞에 장 미용실~ 원래 염색하고 자르는 거 까지 만오천 원 받았거든? 근데 이제 이만 원, 염색만 하면 만오천 원이래."

"응, 그렇구나."

"너 이따 파프리카 좀 사 갈래? 요 앞에 총각네~ 거기 가면 세 개 이천 원~~ 사다 줘?"

"엄마는 어디 뭐 시장 조사 다녀?"

"나는 그른 게 제일 재밌어~"

엄마가 허리를 한 번 쭉 펴더니 말을 이었다. 방금 까낸 밤 알맹이를 바쁘게 씹느라 발음이 뭉개져서 들려왔다.

"이제 다 물어본 거야?"

"아니! 아직 많이 남았어. 다음 거! 음… 불안하다고 느끼는 경우는 거의 없습니다!"

"아니 뭐~ 지금은 괜찮어! 그냥 여태 좀 불안했던 거지 뭐~"

"여태? 왜?"

"응? 아이 뭐 그냥… 그때… 다 불안했지 뭐, 서후도 불안하고… 너도 불안하고… 맨날 불안했지… 그냥 그때 그런 거야~ 지금은 뭐 그냥 아무렇지도 않어~~"

"내가 불안했어?"

"응? 뭐 그냥 너 서후 가졌을 때도 입덧이 하도 심해서 애를 낳을 수 있으려나 불안하고… 서후 낳고도 그렇고, 서후 아프고도 서후도 맨날 불안하고… 무섭고… 너도 불안하지… 어떻게 돼버릴까 봐… 그랬지 뭐… 아이 근데 지금은 아무렇지도 않어~ 괜찮어~"

엄마는 내가 서후를 지켜내는 1000일에 가까운 모든 날을 내 곁에 있어주었다. 아침이면 황금색 보자기로 감싼 보송한 이불과 내복을 양손에 가득 들고 같은 모습으로 서후에게 왔고 하루 온종일 관세음보살이라는 다섯 글자를 읊조렸다. 누군가를 보살필 수 있는 체력을 유지하기 위해 되도록 같은 시간에 같은 양의 식사를 했고 면회가 시작되고 문이 열리면 정신없이 달려 서후의 발바닥과 손끝, 발끝을 대추나무 지압봉으로 수억 번 눌러댔다. 인사를 잘 받지 않는 젊은 간호사에게 매일같이 고개를 조아리며 "선생님 수고하세요."라고 말했고 당신의 친구들보다는 병원의 미화 여사님들과 돈독한 관계를 키워나갔다. 내가 지쳐 주저앉아 눈물을 보일 때마다 등을 두들겨 주기보다는 이를 더 악무는 엄마였다. 그리고 이렇게 말하곤 했다.

"울어! 다 울고! 한숨 자고! 밥 먹어! 그리고 다시 해! 서후는 너만 믿고 있어. 그게 엄마야."

우리가 함께 지나온 날들이었다. 내가 이마를 두어 번 긁고는 눈시울이 붉어져 다음 말을 잊지 못하고 휴대폰 화면만 들여다보고 있으니 엄마가 톤을 바꿔 입을 열었다.

"밤 먹을래? 생밤이 원래 되게 맛있어. 고구마도 그렇고. 줘?"
"줘~"

아그작 아그작 생밤을 씹어가며 나머지 질문과 대답을 주고받았다. 왼손으론 엄마의 분홍색 휴대폰을 쥐고 오른손으로는 범벅이 된 눈물과 콧물을 수시로 훔쳐 트레이닝 바지에 대충 뭉갰다. 엄마의 성격 유형을 알아내는 과정이 쉽지 않았던 것이 쉴 새 없이 흐르는 나의 체액 때문인지, 엄마의 멈출 줄 모르는 보충 설명 때문인지 정확하게 판단할 수는 없지만 결과는 ISFJ-T 용감한 수호자형! 지난한 시간의 결과물은 한 겨울 추위에도 꽃을 피웠다.

《타인을 향한 연민이나 동정심이 있으면서도 가족이나 친구를 보호해야 할 때는 가차 없는 모습을 보이기도 합니다. 뭐니 뭐니 해도 이들의 애정과 사랑이 환하게 꽃을 피우는 곳은 바로 가정 내에서일 것입니다.》

MBTI 검사를 시작하는 첫 문장에 가능하다면 한 문장을 더 추가했으면 하는 바람을 가져본다.

〈총 검사 시간은 12분 내외입니다. 하지만 상대에 따라 조금, 아니 꽤 긴 시간이 걸릴 수도 있습니다. 하지만 그 시간은 분명 의미 있는 시간이 될 것입니다.〉

파프리카 세 개를 쥐고 집에 왔다. 숙취엔 엄마다.

내 친구 양상국

◆ ❄ ☀

《너희 엄마 종교가 뭐야?》

어느 날, 양상국에게 온 카톡이다.

《왜??》

《전생을 믿으시나?》

《뭔 헛소리야?》

《엄마한테 여쭤봐. 전생에 내가 혹시 너희 집 종이었는지.》

《미친 ㅋㅋㅋㅋ》

개그맨 양상국과 나는 KBS 공채 개그맨 22기 동기이자 동갑내기다. 데뷔 당시 경상남도 진영에서 상경한 양상국은 원어민답게 굉장한 수준의 사투리를 구사했고, 고향의 얼굴을 구사했다. 무려 경기도 출신인 도시녀의 매력에 흠뻑 취해 나를 이성으로 좋아하기라도 할까 봐 노심초사하며 우정을 키웠고, 일말의 무리 없이 정말 우정만 키웠다. 남자 사람 7명이 함께 거주하는 상국이의 반지하 집과 1층에 술집이 위치하는 '술세권'의 내 집은 매우 근접하여 매일같이 그는 밥을, 나는 술을 털어 넣으며 또 우정을 키웠다. 술을 일절 즐기지 않는 상국이는 "가시나야, 술 좀 그만 쳐무라~"라는 말을 즐겨 했고 나는 그 말을 귓등으로도 듣지 않는 것을 즐겨 했다.

2008년에는 〈개그콘서트〉의 '봉숭아학당' 코너에 콤비로 출연했다. 여고생으로 분장한 내가 어눌한 말투로 "우리 승기 오빠는 팬들의 사랑을 먹고 살거든?"이라고 말하면, 남고생 역할의 상국이가 더 어눌한 남고생 말투로 "우리 세윤이 형도 팬티가 엉덩이를 먹거든?"이라 받아치며 웃음 전도사도 역정을 낼 만한 코미디를 선보였다. 상국이는 당시 제법 스타덤에 올랐고, 나는 상국이의 쏟아지는 행사에 숟가락을 얹으며 공생을 가장한 기생으로 술세권을 즐겼다. 그는 한 번씩 나에게 전화를 해서 "○○ 선배가(매우 무서웠던 선배) 너 같이 코너 짜자고 작가실로 나오래~~ 1시간 안에." 하고 말하곤 했다. 믿고 싶지 않은 현실에 머리를 쥐어뜯고 있을 즈음, 다시 나에게 전화해 "뻥이요!" 하고 말하는 그놈에게 나는 그 사실이 뻥인 것이 어찌나 고마운지 매번 밥을 샀다.

"근데 내가 왜 밥을 사야 하지?"

"니, 내가 뻥이라고 말할 때 기분 좋았나 안 좋았나?"

"완전 좋았지…."

"니 살면서 그렇게 기분 좋을 일이 얼마나 되노~?"

"많이 없지…."

"근데 안 고맙다고?"

"고맙네…."

"소주 시켜 주까? 물래?"

"우리 우정 영원하길…."

나의 결혼식, 나의 오빠의 결혼식, 서후의 돌잔치까지 우리 집안의 모든 행사에서 사회를 맡으며 '혹시 내가 너희 집 노예가 아니었을까?' 하는 의문을 품었던 상국이는 어느 성탄

244

절 밤에 나에게로 달려와 친구가 낳은 작은 인간의 마지막 모습을 먼발치에서 바라보았다. 늦은 밤까지 조문객들의 식사를 챙겼고 장례식장 입구에 앉아 자리를 지키다가 조문객이 끊긴 새벽에야 쪽잠을 청했다. 내 자식을 화장하는 1시간여의 시간 동안 검은 패딩을 입고 내 언저리에 있어주었고 내가 새끼의 유골을 손에 묻히는 순간엔 고개를 파묻었다. 서후가 무사히 한 해를 살아내고 많은 사람들 앞에서 실타래가 아닌 골프공을 들어 올릴 때 얄궂은 농담으로 많은 사람들을 웃게 했다. 그리고 그 아이의 명복을 빌어주고자 찾아온 많은 사람들을 맞고 배웅했다.

오랫동안 앓아왔던 (치질) 수술을 한 지 2주가 채 되지 않은 어느 날이었다. 휴대폰 화면에《내 친구 양상국》이라 뜨기에 나의 수술 일화에 관해 '썰'을 좀 풀어볼 작정으로 전화를 받았다.

"어이 친구~~ 나 요ㅈ…."

"으흐흐 흑흑 으으으흐흐 우리 아빠가 죽었다…."

15년 가까운 세월을 함께했지만 친구에게 들어보지 못한 울음소리를 들으며 비슷한 울음소리로 그저 함께 울었다. 급히 보따리를 쌌다. 은밀한 곳에 갈아 끼워야 거즈를 한 움큼 챙기고 배변을 원활히 해줄 식이섬유 덩어리들을 닥치는 대로 처넣었다. 좌욕기를 가방에 넣어볼까 시도한 것은 평생 나만 아는 비밀이다. 도넛 방석을 운전석에 깔고 안절부절못하며 김포공항으로 향했고 가장 빠른 비행기를 탔다. 이륙 전에 네이버 검색창에 '상처 비행기 압력' 따위를 검색한 것도 평생 나만 아는 비밀이다.

김해공항에 도착해서 택시를 타고 장례식장으로 향했다. 상국이와 가족들도 미처 도착하지 못한 빈소에 들어가 아니 빈소 화장실에 들어가 뜨뜻한 물로 찢기고 상처 입은 그곳을 달래며 '부디 잘 견뎌주기'를 바랐다. 빈소에 도착한 상국이는 아버지의 영정을 바라보며 놀이공원에서 엄마를 잃은 아이처럼 울었다. 그 마음을 이제는 좀 알 것 같아서, 그날의 내가 겹쳐져서 나도 함께 한쪽 궁둥이를 들고 아이처럼 울었다.

"현주야, 우리 아빠 진짜 착한 사람인 거 니 알제?"

"응. 안다. 그래서 좋은 데 가실 거다."

상국이 부모님이 사시는 진영에 내려간 적이 몇 번 있다. 그의 아버지가 사주신 진영 갈비를 뜯으며 우리 모두가 언젠가는 이별하게 될 운명이라는 것은 알지만 또 알지 못했다.

"국아~ 현주랑 둘이 그래 다니다가 정 붙는 거 아이가~~"

"뭐라카노~ 아부지, 그랄 일은 절대로 없데이~"

"아부지~ 저 소주 시켜도 돼요?"

장난을 가장한 나의 진심에 치아를 드러내며 웃었던 아버지의 모습이 눈에 선했다.

상국이는 웃다가 울었고 먹다가 울었다. 이틀째 잠을 거의 자지 못한 나는 구석에서 잠시 낮잠을 자고 있었다. 빈소에 함께 있던 남편이 와서 나를 깨우더니 상국이가 아버지 입관식에 같이 들어가자고 한다는 말을 전했다. 관 안의 아버지를 바라보며 서후의 모습을 투영할까 봐 걱정이 앞선 남편이 입을 열었다.

"상국이한테 잘 이야기하고 안 가는 게 어때?"

"여보, 갔다 올게. 아버지도 뵈어야지."

1층으로 내려가기 위해 엘리베이터를 기다리는데 상국이가 후미진 곳으로 가더니 정말이지 '바박박박'과 가까운 방귀를 뀌었다. 평소 같았으면 최소 눈이라도 한 번 흘겼을 텐데 나는 아무것도 듣지 못한 사람처럼 엘리베이터에 탑승했다.

나무 상자 안에 누워 계신 아버지를 바라보는 일은 생각보다도 더 더 더 많이 버거웠지만, 죽은 사람을 접하는 일이 더 이상 무섭고 두려운 일은 아니었다. 아버지의 모습은 마치 스스로 무엇도 할 수 없는 아기와 같았다. 그간 많이 늙고 야윈 아버지의 모습은 그가 살아내고자 견뎠을 쉽지 않은 시간을 보여주었다. 친구가 아버지를 쓰다듬는 손을 보며 가슴팍을 두드렸고 서후가 가지런히 누워 있던 모습이 자꾸 떠올라 그들이 울어내는 소리에 내 소리를 얹어 함께 울었다.

아버지의 관이 레일을 통해 화장장으로 들어갔다. 친구의 시야에서 흰 천이 둘러진 관이 점점 사라질수록 걷잡을 수 없이 아버지를 외치는 친구를 세게 안아 '벅벅벅' 소리가 날 만큼 등을 두들겨 주었다.

"울어라. 울어라 친구야. 많이 울어라."

상국이를 달래 조용한 곳으로 와서 의자에 앉혔다. 상국이 아버지 이름 옆에는 '화장 중'이라는 세 글자가 따라 붙었고 어딘가에서 울리는 또 다른 울음소리가 들려왔다. 한참을 울던 상국이가 입을 열었다.

"현주야, 니 내 아부지 입관하기 전에 방귀 세게 낀 거 기억 나제?"

이 무거운 상황에 그 얘기는 왜 꺼내는지 상국이의 등을 쓸어내리며 대답했다.

"어어… 기억나지."

"니 내 원래 그래 방귀 끼는 사람 아닌 거 알제~. 내 아무리 생각해도 우리 아부지가 내 몸에 나쁜 거 다 빼주고 가신갑따.

내 그래 방귀를 처음 끼본다."

친구의 척추뼈 어딘가에서 쓰다듬던 내 손이 멈춰졌고 흐르던 눈물이 흔적도 없이 사라졌다.

"어? 어… 그래! 그런가 보다… 그러네!! 아부지가 가시기 전에 너 건강하게 살라고…"

"맞제~ 그런 것 같제~"

'이 새끼야~ 그건 그냥 네 장이 문제였던 거야.'라고 말하기에는 내 친구가 너무 큰 상실을 겪고 있어서 나는 눈치 없이 치솟으려는 입꼬리를 안간힘을 써 끌어 내리며 친구의 억지에 공감했다. 우리는 이따금씩 웃기도 또 울기도 하며 그 시간을 함께 보냈고, 나는 장례가 치러지는 4일간 친구 아버지의 명복을 빌어주고자 찾아온 많은 사람들을 맞고 배웅했다. 내 친구가 그랬듯이.

장례 두 번째 날에 동기들이 내려와 긴 밤을 함께 지새웠다. 술이 얼큰하게 취한 그들은 대뜸 아버지에게 한 번 더 인사를 하자며 떼로 일어나 영정 앞에 다시 한번 향을 피우고 두 번의 큰절을 올렸다. 아버지를 바라보며 "우리 아부지 좋은 데 가고 있!는!데~~"라며 보릿고개 시절 유행어로 입을 놀려 모두가 쥐구멍을 찾게 했던 허경환도, "아부지 좋은 데 안 가면 안 대~~~"라며 한 술 더 뜬 김원효도, "아부지 좋은 데 안 가면 소는 누가 키워~"라며… 평생을 소 타령인 박영진도, 우리 모두 우리가 지닌 유머를 얹어가며 슬픔을 나눴다.

미처 아물지 못한 상처로 인해 인어 공주처럼 앉아 보내야 했던 나흘이었다. "조금이라도 무리하면 상처가 아물지 못해요."라는 의사의 말이 무색하게 무리에 무리로 가득 채운 나흘을 보내고 귀가하니 염려했던 상처가 많이 좋아졌다.

아무리 생각해도 국이 아부지가 낫게 해주시고 '가신갑따.'

친구가 있어 이렇게 좋다.

하늘나라에 있어요

◆ ❀ ☀

계속 미뤄두었던 코로나19 격리 지원금을 악착같이 받겠다고 홀로 동사무소를 찾았다. 직원과 나란히 앉아 서류의 빈 칸을 채우는데 그녀가 입을 열었다.

"3인 가족인데 2인으로 신청을 하셨네요. 3인으로 써주셔야 돼요."

남편과 나는 오랜 시간 서후의 사망 신고를 하지 않았다. 아빠로부터 이제 서후를 서류상에서도 보내줘야 하지 않겠냐는 말을 듣는 것은 지독하게 가혹했다. 서후가 세상에 살았던 증거들을 흔적 없이 삭제해 버린다는 게 무서웠다. 있지도 않은 서후가 이제 정말 없어져 버릴 것 같은 생각이 들었다. 우리는 하고한 날 동사무소에 가서 셋의 이름이 나란히 적혀 있는 등본을 떼어 서랍 깊숙이 넣어두곤 했다.

"격리를 둘이 했어요. 2인만 신청해 주시면 돼요."

동사무소 직원은 격리를 두 사람이 했어도 가족 인원수에 따라 지원금이 나온다며 3인으로 기재할 것을 요청했다. 나는 엄마에게 성적표를 숨긴 청소년의 얼굴로 어쩔 줄을 몰라 했다.

"아이가 여기에 안 살아요."
"어디 다른 데에 있어요?"

"네. 하늘나라에 있어요."

잠시 말을 멈춘 그녀는 나를 수상쩍은 얼굴로 쳐다봤다. '아이가 언제 사망했냐, 왜 사망 신고를 하지 않았냐, 그렇게 하시면 안 된다.'와 같은 말들로 나를 채근했다. 서류 언저리를 눈물로 젖은 휴지 조각으로 가득 채운 나는 2인으로 지원금

신청을 마치고 그곳을 빠져나왔다. 지원금을 받겠다고 애쓴 내 모습이 한없이 초라하게 느껴졌다.

후에 남편과 함께 동사무소에 갔다.

서후의 출생을 신고한 지 8년이 채 되지 않아 서후의 사망을 신고했다.

동사무소 직원이 종이 뭉치를 세워 책상에 탁탁 치며 말했다.

"다 되셨습니다."

함께 먹는 밥

◆ ✳ ☀

남편과 나는 둘도 없는 술친구다. 내가 〈개그콘서트〉의 '봉숭아학당'에서 오빠만의 순이, 박순이라는 캐릭터로 출연하던 당시에(네?) 나의 팬이 된(네?) 남편과 나는 지인의 소개로 첫 만남을 가졌다. 그가 배우 정준호를 닮았다는 정보를 전해 들은 나는 이리 보고 저리 보고 눈을 씻고 봐도 정준호와 닮은 구석이라고는 가르마밖에 없는 이 남자와 사랑할 용기가 나질 않아 내 손목에 위치한 별 문신을 수시로 꺼내 보였고, 남편은 '그 별까지도 사랑할 거야'를 노래하며 나에게 구애를 시작했다. (박)나래, (장)도연이와 나래의 반지하방에서 냉동 동그랑땡 구워 소주 마시던 시절에 이따금씩 동원 참치도 아닌 그냥 참치를 사주던 남편은 매번 우리의 주량에 못 이겨 참치 눈물주에 얼굴을 박았고 그렇게 나는 그와 결혼을 하며 나란히 호적에 이름을 올렸다.

취미 생활의 접점이 없는 우리에게 술은 매우 유익하고 유용한 연결 고리였다. 술은 감정을 격해지게 만들기도 하지만 격해진 감정을 아무것도 아닌 것으로 만들어주기도 했다. 그렇게 하고한 날을 술친구로 살다가 24시간을 쪼개어 서후를 보살펴야 하는 상황이 닥쳤고, 둘 중 누군가는 서후의 곁을 지켜야 했기에 밥 한 끼를 함께 먹는 것도 쉽지 않아졌다. 남편과 내가 다시 돌아가고 싶은 시간들은 대단히 거창하고 특별했던 시간이 아니었다. 함께 먹었던 무수한 아침밥과 각자의 음료 잔으로 '짠~!'을 외치며 먹었던 소소한 저녁밥이 사무치게 그리웠다. 매일같이 반복되는 것들의 소중함을 알지 못하고 새롭고 특별한 것들을 찾아 헤매던 시절이었다.

서후가 우리 곁을 떠난 후에 남편은 전보다 서둘러 귀가하는 편이다. 서후의 모든 물건이 그대로 존재하는 집 안을 나 혼자 채우고 있는 것이 영 마음에 좋지 않은 모양이다. 워낙 밖으로 나돌기 바빠 무슨 핑계로 엄마한테 서후를 맡겨볼까 하는 궁리로 살았던 나 또한 하루 중 여유 있게 함께 시간을 보낼 수 있는 저녁때만큼은 꼭 남편과 함께 밥을 먹으려고 노력한다. 다시 찾아온 당연한 우리의 저녁밥이 내일 당장이라도 별안간에 사라져버릴 수 있음을 알게 되었고, 이조차도 망각하게 되는 날이 올 수도 있겠지만 알 수 없는 앞날의 염려 따위 미뤄둔다. 그리하여 우리는 지구상에 널린 맛있는 음식과 술을 안주 삼아 내일이면 기억도 나지 않을 대화로 오늘의 저녁 시간을 만끽한다. 여전히 식탁 한편을 채우고 있는 서후의 에메랄드 색 의자와 함께 말이다.

얼마 전, 퇴근한 남편과 늦은 저녁을 먹으러 집 근처 식당에 갔다. 옆 테이블에 앉은 4인 가족의 형제 중 동생으로 보이는 아이가 수저를 본인이 놓겠다며 떼를 썼다. 아이의 아빠가 서둘러 수저를 놓으니 "내가 내가!!" 하고 소리치던 아이가 기어코 바닥에 누워 울기 시작했다. 우리 테이블에 밑반찬을 내려놓던 사장님이 "죄송해요~" 하고 말하자 남편이 입을 열었다.

"괜찮아요~ 듣기 좋은데요 뭐~"

우리는 귀한 아이의 울음소리를 귀에 담으며 귀한 저녁 식사를 즐겼다.

그 울음소리가 서글펐는지 우리도 조금 함께 울었다.

전우에게

♦ ❋ ☀

　서후에게 행해지는 모든 것의 결정권은 우리에게 있었다. 서후의 몸 이곳저곳에 무수하게 찔러대는 바늘도, 위장으로 들어가는 유동식도, 혈관으로 밀려들어가는 약물도, 폐 깊숙이 들어가는 카테터도, 서후의 목숨까지도. 서후의 선택에 의한 것은 아무것도 없었다. 이 모든 것을 우리가 결정할 권리가 있는 것인지 따위를 생각할 여유도 선택지도 없었다. 우리는 숱하게 선택해야 했고 후회하고 자책하며 마음 졸여야 했다. 그 험난한 여정에 남편이 모든 것을 그만두자고 할까 봐, 남편의 입에서 '포기'라는 단어가 나올까 봐, 그땐 나도 못 이기는 척 서후를 놓아주게 될까 봐 노심초사하며 매일을 살았다. 세상에서 제일 강한 존재가 엄마라는데 그 엄마라는 사람은 모든 것을 혼자 이겨나갈 자신이 없었다. 때로는 이해할 수가 없어 부아를 돋우는 남편의 무모함이 나에겐 필요했다. 그렇게 우리는 매일같이 가슴에 꽂히는 화살을 함께 맞았지만, 우리 가족은 그렇게 또 함께 살았다. 함께 있다고 느끼는 구석구석의 시간들엔 제아무리 힘이 센 화살도 맥없이 나가떨어졌다.

가끔 남편을 바라보면 서후의 모습이 보여서 유전자의 힘을 몸서리치게 절감한다. 그리워도 아무리 그리워해도 만질수도, 만날 수도 없는 서후를 그리워할 힘을 나눠 지구상에서 서후와 가장 닮은 사람을 귀하게 여겨야겠다는 결심을 했다. 서후와 닮은 두툼한 발도, 하루가 멀다 하고 자라나는 제비초리도, 유달리 아래쪽에 위치한 귀도 아낌없이 들여다보기로 했다. 그런다고 우리에게 다툼이 전혀 없는 것은 아니다. 여전히 말 한마디에 서운함을 느끼고 작은 것에 발끈한다. 그것은 냉전으로 이어지고 두툼한 발 따위 안중에 없이 자존심을 세운다. 그러다 보면 어느 순간 우리가 한 팀이 되어 살아냈던 시간들과 서후가 주고 간 것들이 얼마나 무색해졌는지를 생각하게 된다. 서후의 오른편과 왼편에 앉아 손을 모으고 "똘똘 뭉쳐!" 하고 외쳤던 값진 시간들이 우리의 보잘것없는 자존심에 의해 이토록 쉽게 잊히고 있다는 것을 깨닫는다. 한결같이 상처 주고 상처 입지만 서둘러 회복하게 되었다. 조금은 더 이해할 수 있게 되었고 덜 미워하게 되었다.

서후가 병원에 있을 때 취학 통지서가 집으로 전달되었다는 메시지를 받았다. 우리에게 서후의 초등학교 입학은 생태 체험관의 돌고래가 제주 바다를 그리는 것과 같은 것이었다. 현실을 누구보다도 직시하고 있는 게 우리 둘이었지만 누구보다도 받아들이지 못하고 있는 것 또한 우리 둘이었다. 그간 살아오던 세상과 꽤나 단단하고 높은 담을 쌓고 사는 우리에게 평소 다니던 소아과에서 보내온 파상풍 예방 접종 안내 문자나 키즈 카페에서 보내오는 파티 룸 대관 이벤트 안내 문자는 이따금씩 가슴팍을 두드리게 만들었다. 그런 우리에게 취학 통지서는 준비 없이 맞닥뜨리기에는 너무도 거대한 파도였다. 나는 그 종이 한 장을 남편이 발견하게 될까 봐 급히 집으로 달려갔고, 아무리 찾아도 모습을 감춘 통지서는 앞서 달려간 남편의 손에 의해 꽁꽁 숨겨졌다는 것을 뒤늦게 알았다. 우리가 서로의 마음을 염려하고 있다는 것을 알게 되는 찰나의 시간들은 서후의 굳어가는 다리를 한 시간 더 주물러댈 수 있는 힘이었고, 우리가 한마음이라는 것을 확인하는 순간들

엔 어딘가에 꽁꽁 숨어 있는 힘들이 샴페인처럼 솟구치는 것
만 같았다.

　함께 겪어낸 시간처럼, 함께 그리워하며 살아내자. 하나뿐
인 나의 전우야.

나만의 무대

◆ ❀ ☀

서후의 사고 당시, 나는 〈드립걸즈7〉의 공연을 일주일 앞두고 있었다. 〈드립걸즈〉는 개그우먼들의 무대다. 〈개그콘서트〉에서 '분장실의 강선생님'이라는 코너로 큰 인기를 얻은 개그우먼 정경미, 김경아, 강유미, 안영미 선배가 시즌 1의 멤버로 활약하였고 나는 시즌 5에 합류했다. 공채 개그맨씩이나 됐는데도 불구하고 살면서 유명해 본 적이라고는 중학생 때 가정 시간에 배운 고구마 맛탕을 방과 후에 복습하겠다고 식용유를 끓이다가 집까지 같이 끓이는 바람에 1700세대 아파트의 주민들에게 내 이름이 오르내린 것이 전부였다. "네가 언제부터 복습 같은 걸 했다고 이 난리를 쳤냐?"는 아버지의 애정 어린 혼쭐에 "그래서 이제 살면서 복습 같은 건 안 하려고요."라고 대꾸했다가 소방차에 이어 경찰차까지 출동할 뻔했다는 '미담(?)'을 전하며 나의 리즈 시절 이야기는 마무리.

있는 돈을 갖다 바쳐서라도 오르고 싶었던 무대였기에 시즌 5의 포스터에 얼굴을 올렸다. 함께 공연했던 김민경 언니는 내가 갖고 있는 모래알만 한 재능을 바위로 키워 객석으로 발사할 수 있도록 서포트를 해주었고 나 또한 공연 때마다 있는 힘껏 무대에서 놀았다. 그러다 보니 가져본 적 없는 팬이 극소수 생겼고, 시즌 5에 이어 시즌 6, 시즌 7까지 캐스팅 보드에 이름을 올렸다.

공연 말미에는 개그우먼 네 명이 남자 관객을 각각 한 명씩 무대로 올려 각자에게 주어진 설정에 따라 즉흥적으로 재미를 끌어내는 코너가 있었는데, 나는 연배가 조금 있는 분을 찾아 무대에 올려야 했다. 나는 매번 나와 함께 찰나의 인연을 만들 어르신을 물색했고, 두 시즌 동안 무려 100여 명의 외간 남자와 팀이 되어 관객들에게 웃음을 안겼다. 수백 명의 시선을 한 몸에 받는다는 것이 그들에게 단연코 쉬운 일은 아니었다. 그렇기에 나는 어르신들의 몸과 마음의 상태를 유심히 들여다보곤 했고, 그들이 웃음을 위한 수단으로만 휘발되지 않도록, 소박한 추억 한 스푼을 낚아 갈 수 있도록 나름의 노력을 퍼부었다. 공연이 끝나면 객석을 찾아가 어르신과 함께 사진을 찍고 건강하시라는 말을 마음 담아 전했는데 그럴 때마다 내가 조금만 유명했다면 얼마나 좋을까 하는 아쉬움을 가졌다. 나의 웃음 제조에 공조해 준 그들에게 사진첩의 자랑거리를 만들어 드리지 못한 것이 언제나 송구한 무명 개그맨이었다.

불과 몇 달 전의 일이다. 지인에게 받은 기프티콘을 사용하기 위해 해당 제과점에 가서 빵을 쟁반에 담고 있는데 낯선 여성분이 오셔서 말을 건넸다.

"안녕하세요~ 성현주 씨죠? 저 예전에 〈드림걸즈〉 봤어요. 그때 저희 아버지가 무대 올라가셨거든요. 반가워요~~ 이 동네 사세요? 어머어머~~ 이렇게 뵙네요."

"엇, 안녕하세요~~"

"저희 아버지가 지금도 그 얘기를 하세요! 현주 씨 이름을 가르쳐 드려도 매번 잊어버리고 자꾸 물어보세요~ (깔깔깔) 현주 씨랑 찍은 사진을 휴대폰 배경 화면으로 해달라고 하셔서 한동안 현주 씨가 아버지 휴대폰의 메인 화면에 있었다니까요. 좋은 추억 만들어 주셔서 너무 감사해요~~"

여성분은 나에게 감사함을 전하고 싶다며 양손 가득 빵을 들려 보내주셨다. 그 빵을 우걱우걱 먹으며 어르신의 귀한 마음도, 따님의 값진 몇 마디도 '최선을 다해' 잊지 말아야 할 마음이라고 되새겼다. 시즌 7을 앞두고 공연에서 하차하게 되자 팬분이 SNS로 쪽지를 보내오셨다.

《현주 님, 개인 사정으로 하차하신다고 하는데 부디 좋은 의미의 개인 사정이길 바랍니다. 꼭 다시 돌아오세요. 기다리겠습니다.》

본격적으로 병원 생활에 적응하면서 나는 소분 포장된 견과류, 두유, 바나나와 같은 것들을 항상 구비했다. 24시간 보호자 대기실에 상주하고 있다 보면 어르신들을 쉽게 볼 수 있는데, 그들은 배우자 혹은 자식의 보호자이기도 하다. 시간을 보내기 좋은 온라인 세상과는 거리가 먼 그들은 허공을 응시하며 하염없이 시간을 보낸다. 나는 그런 어르신을 포착하면 얄궂은 간식거리를 하나 집어 들고 그들에게 향한다. 100여 명의, 나의 그대들과 함께했던 내공을 한껏 발휘하여 말동무가 되어드린다. 안양 할머니는 옛날에 비해 요즘 부자들이 얼마나 나쁜지에 대한 얘기를 늘어놓으셨는데, 놀부가 얼마나 나쁜데 그런 소릴 하시냐고 되받았다가 주름이 가득한 얼굴이 언제나 인자한 것만은 아니라는 깨달음을 얻기도 했다.

그들은 모두 나의 둘도 없는 친구였다. 면회 시간이 되어 문이 열리면 당신의 식구에게 가기 전에 서후를 힐끔 들여다보고 가는 것을 잊지 않았고, 면회 시간이 끝나면 일언반구 없이 내 등을 툭툭 두드려주었다. "우리 영감 목숨까지 아기가 다 가져가면 좋겠네." 하고 말해 주는 3번 할머니에게 "내가 할아버지한테 가서 다 일러준다~!!" 하고 말했더니 "어이구~ 그걸 들을 수나 있으면 내가 살 만하겠네!" 하셨다. 살 만하지 않아도 살아가야 한다는 것에 나 또한 일언반구 없이 할머니의 등을 툭툭 두드려드렸다.

그런 우리가 보통의 친구들과 다른 점은 우리가 고작 다른 시대를 살아왔다는 것이 아니었다. 친구와 나와의 이별이 그리 머지않은 시간 안에 그리고 별안간에, 누군가의 죽음에 의해 찾아올 것이라는 점이었다. 보호자로서의 의무를 상실한 그들은 당연하게 그 공간에서 모습을 감추고 그의 식구가 채웠던 중환자실의 병상은 다른 환자로 채워질 것이다. 이별의 이유가 그들이 아닌 내가 될 수도 있을 거라는 걸 알면서도, 그 생각은 매순간 저 멀리 던져버렸다.

서후가 떠난 지 딱 1년 만에 다시 무대에 올랐다. 오른쪽 왼쪽을 구분하지 못한 신발을 신고 엘리베이터 앞까지 따라나와 "오늘도 사담들 재밌게 해주고 와." 하고 말해 주는 내 작은 인간은 이제 세상에 없지만, 마스크 안으로 격하게 웃으며 응원해 주는 큰 인간들이 있어 넓은 어깨 더 넓게 펴고 신나게 놀았다. 4년 전, 나에게 쪽지를 보내주신 팬을 포함하여 내 무대를 기다려주신 극소수의 팬분들을 다시 상봉하며 그들의 존재만으로도 뼈저리게 살고 싶음을 느꼈다. 얼마 전 진행된 인터뷰에서 인터뷰어가 물었다.

"그럼 4년이나 개그를 쉬셨겠네요."

내가 대답했다.

"아뇨. 안 쉬었는데? 계속했어요. 제가 있어야 할 곳에서."

국어사전에서 개그맨을 검색하면 '익살이나 우스갯소리를 하여 일반 대중을 즐겁게 하는 일을 직업으로 하는 사람'이라 정의되어 있다. 얼굴에 닥작닥작 끼어 있는 슬픔을 자그마한 익살로 거둬낼 수 있다는 것을, 당장에 오늘을 살아내기가 버거운 사람의 우환을 시답잖은 우스갯소리로 당장은 살게 만들어준다는 것을 배웠다. 그들은 나의 친구이자, 관객이자, 시청자였다. 사람을 즐겁게 하는 일은 언제나 뜻깊다.

나도 했다. 개그.

꽃동산

◆ ❀ ☀

매년 부처님오신날에는 자연스럽게 부모님을 따라 절에 가서 나물밥을 먹었고, 의미도 모르는 염주나 부처님이 대롱 대롱 달린 열쇠고리를 획득했다. 형상을 보아서는 여자인지 남자인지도 알 수 없는 부처님은 왜 저렇게 한쪽 가슴팍을 내어놓고 있는지 어른 사람에게 물었으나 "부처님은 원래 그래." 라는 대답이 돌아왔다. 지나가는 파리가 쳐다봐도 싸울 준비 가 되어 있던 나의 사춘기 시절에도 부처님 앞에만 서면 나름 의 간절한 소망들을 두 손바닥 고이 붙여 발원했다.

그러던 나도 어른 사람이 되어 개그맨이 되었다. 그 집단 은 유난히 일요일 아침이면 예수님 댁을 찾는 사람이 많았는 데 매주 녹화가 시작되면 각각의 코너 멤버들과 무대에 오르기 전 둥그렇게 모여 손을 잡고 기도를 하는 모습을 자주 볼 수 있었다. 그럴 때엔 나도 예수님의 자녀가 되어 기도 중간중간 아멘을 외쳤고, '아멘'을 외쳐야 하는 타이밍은 눈치 게임 버금가게 어려웠다.

서후의 사고 후, 여러 가지 형태의 종교인들이 우리에게 문을 두드렸다. 몸과 마음이 깨지기 직전의 유리보다도 미약한 우리는 그들에게 '감사합니다 고객님'이었다. 그들이 내뱉는 공통적인 한 문장은 '서후가 그렇게 된 데에는 이유가 있습니다. 그 이유를 찾아 바로잡으셔야 서후가 엄마 아빠 품으로 돌아옵니다.'라는 것이었다. 그것을 바로잡는 데에는 대한민국 지폐를 지불해야 했는데 잘만 얘기하면 디스카운트가 가능하다는 장점도 있었다. 그들이 시키는 대로 했음에도 서후가 눈을 뜨지 않자 그들은 또 한 가지 문장을 내놓았다.

《아직은 아이에게 시간이 필요한가 봅니다. 저희도 함께 기다리겠습니다.》

환불은 안 된다는 단점도 있었다.

서후를 위한 일이라고 입을 모아 말하는 그들을 당차게 거절하는 일은 서후에게 어딘가 미안한 구석이 있었다. 우리의 그 연약한 마음속엔 속절없는 기대와 처절한 낙담이 번갈아가며 널뛰었고 혹시나 하는 마음은 역시나 하는 마음으로 끝을 보았다. 하지만 지금에 와서 그것을 후회하지는 않는다. 뭐라도 해보자는 의지는 우리를 의욕적으로 만들었고 혹시나 하는 희망을 갖는 동안에는 서후의 동공을 더 자주, 열심히 들여다보았다. 조금 더 명목이 있는 희망은 우리를 매우 살게 했다.

어느 날부터인가 보호자 대기실에서 아침저녁으로 비구니 스님을 뵐 수 있었다. 키가 작고 커다란 밀짚모자를 쓴 스님은 염주를 돌리며 온종일 관세음보살을 찾고 있는 엄마가 궁금해 먼저 말을 걸어 오셨고 자연스럽게 서후에 대한 이야기를 나누었다. 엄마가 말하는 몇 문장만으로 스님의 눈시울이 금세 붉어졌다. 지금도 그때도 누군가 내 아픔에 함께 울어주는 건 참 고맙고 힘이 되는 일이다. 스님은 대장암과 싸우는 조카의 유일한 보호자였고 엄마의 무이한 친구가 되어주셨다. 20분이라는 짧은 면회를 쪼개어 서후의 방 앞에 머무르곤 하셨는데 창문 밖으로 보이는 스님은 서후를 향해 머리 숙여

합장하시고는 무언가를 끝도 없이 발원하셨다.

봄이 되면 스님의 작은 절은 꽃동산이 된다고 했다. 그 꽃들을 하나하나 찍어 우리에게 보내주곤 하셨는데 '서후와 함께 꼭 놀러 오세요.' 하는 몇 글자를 보태셨다. 절 앞마당에서 뛰어놀고 있는 해탈이와 반야의 사진도 함께. 나는 서후에게 이 소식을 잊지 않고 전했다.

스님은 조카분의 퇴원 후에도 한 시간 거리의 절에서 이따금씩 새로 담근 김치나 나물 반찬, 오곡밥 같은 보기만 해도 건강해지는 음식들을 만들어 가져다 주셨다. 코로나19로 병원 출입이 삼엄할 때였다. 그럼 나는 병실 의자에 신문지를 넓게 깔고 윤기가 좔좔 흐르는 음식들을 나열한 후, 옆방에 있는 민찬이 엄마를 불렀다. 그곳엔 우리 아이들을 살게 해주는 기계의 작동음과 온갖 약품 냄새가 진동했지만 들기름 냄새가 그득한 음식만으로도 우리가 고급 한정식 집에 와 있는 듯했다. 우리는 음식물을 입에 잔뜩 물고 서로의 얘기에 귀를 기울였고 때때로 그 음식물이 들여다보이도록 웃었다. 그런 시간들은 꽤 살 만했다. 생각지 못한 좋은 인연들은 때가 되면 입을 열고 떨어지는 밤송이처럼 무심하게 툭툭 나타났다. 그들

273

이 주는 온기는 불행이라는 두 글자를 지우개로 쓱쓱 지워 서서히 옅어지게 했다.

스님에게는 보호할 어른이 없어 5년 이상을 보살피고 계신 남자아이가 있었다. 병원에 몇 번 데리고 오신 적이 있는데 그럴 때마다 나는 지하 편의점에 데리고 가서 과자도 사 먹고 시시콜콜한 이야기도 나누었다. 서후에게 해줄 수 없는 것들을 필요한 누군가에게 해줄 수 있다는 게 좋았다. 그러던 어느 날 정말 생생하게 내 꿈에 아이가 나왔다. 아이를 내 무릎에 앉혀 보듬고 있으니 스님이 와서 나에게 고맙다는 말을 연달아 하셨다.

"고마워요, 서후 엄마. 내가 서후 엄마한테 꼭 갚을 날이 올 거예요."

후에 스님이 병원 근처에 오셨기에 꿈 얘기를 반찬 삼아 식사를 했다. 꿈 이야기를 들은 스님이 밥값을 내가 내야겠다고 하시는 바람에 손사래를 치며 함께 웃었다.

둘이 된 남편과 나는 일요일이면 반야와 해탈이가 있는 곳에 간다. 나는 육수를 내고 남은 멸치를 한 주간 모아두었다가 반야와 해탈이에게 가져다준다.

"서후랑 재밌게 놀았어?"

서후가 떠난 날, 엄마와 함께 빈소 안의 어두컴컴한 방에 누워 흐느끼다가 내가 물었다.

"엄마, 우리 서후 어디로 가지?"

엄마와 나 둘 다 약속한 듯이 입을 모았다. 늦은 시간이었지만 스님에게 서후의 비보를 전했다. 이어 우리의 바람을 조심스럽게 말씀드렸고 미처 말이 끝나기도 전에 수화기를 통해 대답이 돌아왔다.

"데리고 오세요. 아무 걱정 말고 데리고 오세요. 내가 갚을 날이 이제야 왔네요."

오직 서후라 부를 수 있는 서후의 유해는 2년째, 여전히 한쪽 가슴팍을 드러낸 부처님 옆에 자리하고 있다. 스님은 장에 갈 때마다 사탕을 사다가 서후 앞에 까 놓아두신다. 절에 오시는 신도분들은 서후의 간식을 잊지 않으신다. 그 덕에 법당 안에는 향내보다 단내가 가득하다. 아무리 생각해도 그날 쌀국수 값을 내가 낸 건 정말 지독하게 잘한 일이다.

우리는 꽃동산에 함께 있다.

Epilogue

◆

❄

☀

근 한 달 후면 서후와 이별한 지 두 해가 흐른다. 이 글을 쓰기 위해 앉아 있는 카페에서는 벌써부터 직원들의 유니폼과 음악만으로도 성탄절을 알린다. 얼마 전, 출판사로부터 여태껏 써온 글들을 정리한 파일을 메일로 받았다. 종이책 읽듯 찬찬히 읽고 싶어 남편에게 프린트를 해다 달라고 부탁했다. 그날 저녁, 퇴근한 남편이 종이 뭉텅이를 내게 안겨주며 '애썼다'라는 말을 전했다. 그 세 글자의 힘이 얼마나 센지 순식간에 안구가 촉촉하게 젖었다. 나는 며칠에 걸쳐 내 이야기를 읽으며 이따금 울고 웃었다. 무수한 날들을 떠올렸고 '사람'을 되새겼다. 그 시간이 있었고, 그 시간 안의 사람들이 있어 나는 이렇게 살아 무려 고흥 유자로 만든 유자차를 마시고 있다. 1000일에 가까운 그 시간 동안 하루에도 몇 번이나 가슴팍 주변 어딘가가 찢겨 나가는 듯한 아픔을 감내해야 했지만, 오로지 내 아이를 지키기 위해 살았던 보배로운 시간이었다.

남편은 서후에게 "서후야, 서후 깨어나면 우리 정말 행복하게 살자."라는 말을 하곤 했는데 어느 날, 내가 남편에게 말했다.

"여보, 우리 그냥 지금 이 순간부터 행복하자."

우리는 위험을 감수하고 면회라는 장벽 없이 언제든 함께 있을 수 있는 곳으로 서후를 데려왔고 그야말로 '함께' 있었다. 서후의 몸 앞면을 자주 품에 안았고, 더 자주 사랑한다고 말했다. 서후의 뛰는 심장이 고맙고 기특해 수시로 얼굴을 가져다 댔다. 나는 어느새인가 희망을 극복해 나가고 있었다. 손에 잡히지 않는 것을 좇기보다는 내가 쥐고 있는 것에 감사하며 악력을 높였다. 그마저도 결코 당연하지 않은 시간이었다.

보호자 대기실에 터를 잡고, 몰랐던 세상을 만났다. 그 세상은 절망적이지만, 그보다 더 다정했고 그 안에 스며든 나는 침식과 풍화를 거치며 감히 조금 성장했다. 그리고 그것들을 기억하고자 누추한 글을 쓰기 시작했다. 그 글들이 누군가에게 읽힐 거라는 상상은 추호도 하지 못했지만, 많은 사람들의 애정에 힘입어 세상에 나갈 채비를 단단히 마쳤다. 그 글들이 책이 되어 누군가의 손길을 기다린다고 생각하니 심장이 쿵 하고 내려앉는다. 부디 끝을 알 수 없는 인생의 긴 싸움에 몹시 지쳐 있는 누군가에게 나의 이야기가 아주 소박한 힘이 되기를, 책장을 덮은 누군가가 일말의 살아갈 힘을 내기를, 간절히 바라본다. 그 언젠가의 내가 그랬듯이 말이다. 나 또한 서후가 넉넉하게 주고 간 가르침을 곱씹으며 적당히 힘차게 살아가겠다.

'이서후'라는 사랑스러운 아이가 이 세상에 살았던 이야기를 고마운 당신에게 드린다.

어느 것 하나 당연하지 않은 날에

서후 엄마 드림

추천사

◆

몇 시간 전까지 모든 웃음의 근원이었던 아이가 갑자기 혼자서는 숨도 못 쉬는 상태에 빠진다. 웃음의 뒷면이 울음이라는 걸 누구보다 잘 아는 개그우먼에게도 이 울음은 너무 가혹하다. 작은 희망조차 허락되지 않으니까. 하지만 그녀는 내내 울면서도 내내 포기할 생각이 없다. 엄마니까. 다른 누구도 아닌, 너의 엄마니까. 그녀는 주변 사람들이 건넨 온기로 매일의 불행을 지우고, 아이가 남겨준 기억으로 매일의 슬픔을 청소한다. 마지막 순간까지. 희망만은 단단히 붙들고.

이런 글도 있다. 상상조차 할 수 없는 슬픔을 정면으로 마주하고 앉아 써 내려간. 이런 책도 있다. 그리움이 글자가 되고, 미안함이 문장이 되고, 눈물이 완성한. 이상한 일이다. 내내 울면서 읽었는데 이상하게도 마음이 환해진다. 이것은 결국 지극한 사랑의 기록이기 때문에. 너무나도 간절하게 묻는 사랑의 안부이기 때문에.

— 김민철(작가, 「모든 요일의 기록」 저자)

✳

추천사 부탁을 받아 놓고 며칠째 끙끙거리고 있다. 세상의 빛도 못 보고 잊혀버린 둘째의 기억을 끄집어도 내보고, 30년 전 추웠던 어느 크리스마스에 먼저 가버린 친구의 아쉬운 인생을 끄집어내기도 했다. 김혜자 선생님의 수상 소감으로 유명해진 드라마 〈눈이 부시게〉의 마지막 내레이션을 몇 번을 읽고 또 읽었고, 20년이 넘는 작가 인생의 명대사들을 뒤지다 못해, 검색 창에 '이남규 작가의 명대사'라고 낯부끄러운 주접도 떨어봤다.

'그래 주접떨지 말고 글쟁이라고 감동적인 말들 전시하듯 써놓지 말자.'

그런 생각으로 다시 「너의 안부」를 읽어나가기 시작했다. 작가의 이름을 버리고서야 「너의 안부」가 제대로 보이기 시작했다.

마른 눈으로 읽어나가다 기어이 나를 울게 만든 건 '온기'라는 단어에서였다.

부모가 되어보면 안다. 그 온기라는 것에 얼마나 애를 태우고 또한 위로를 받는지를.

몇 년 전 생겨버린 공황 장애 때문에 하루하루가 지옥 같았을 때, 그 지옥에서 나를 구원했던 것은 내 손을 꼭 잡은 딸아이의 온기였다. 컵라면조차 끓이지 못하는 작은 온기가 하루를, 한 달을, 일 년을, 평생을 살게 해주는 배터리가 됐다.

저자는 그 온기를 잃었다. 어느 곳에서도 위로를, 구원을 받을 수 없게 됐다. 그렇게 느껴졌다. 나라면 거기서 주저앉아 내 온기마저 누군가 가져가 버리게 내버려뒀을 것이었다. 그러나 저자는 그러지 않았다. 내버려두면 사라져 버릴 온기를 담아놓는 법을 알았다. 누군가의 위로를 불편해하거나 동정으로 생각하지 않았다. 위로를 온전히 온기로 받아들였다. 우린 때론 위로를 하는 것보다 받는 것에 더 어려움을 겪는다. 이 책은 개그맨이었던, 서후 엄마였던, 서후의 보호자였던 저자가 사람들에게 어떻게 위로를 받는지, 받은 위로를 어떻게 온기로 치환해서 세상에 나눠 줄 수 있는지를 담은 책이다.

— 이남규(〈눈이 부시게〉 드라마 작가)

*

　사실 나는 이 책이 나오기를 고대하고 누구보다 기다려왔지만 아이러니하게 막상 책의 첫 장을 펼치려니 엄두가 나지 않았다. '그날'의 언니를, 옆에 있는 것 말고는 아무짝에도 쓸모없었던 나를 다시 마주할 용기가 나지 않았다. 내가 감히 뭘 어떻게 이해한다고. 변제하지 못한 마음의 빚이 있었다.

　무거운 마음으로 첫 줄을 시작했다. 감히 바짝 다가가지 못하고 조용히 응시했다.

　처연하고 먹먹한 감정에 빠지다가 웃어지기도 하고, 맥이 탁 풀리다가도 뭔지 모를 힘이 생겼다. 무엇 하나 보이지 않을 만큼 캄캄한 터널인 줄 알았는데 저 너머로 빛 한 줄기가 새어 나온다. 그때도 지금도 내가 언니의 손을 잡아주고 싶었는데 위로는 어느새 내가 받고 있었다.

　이 책은 그녀가 '살아낸' 날들에 대한 기록이다.

　나는 필력도 좋지 않거니와, 유려한 말솜씨가 있다고 해도 이 책의 가치를 감히 몇 줄로 표현할 수 없다.

　혹자는 '지인의 책이니까 추천하겠지', '팔은 안으로 굽는다고 좋게만 느끼겠지' 하겠지만 그렇다면 내 팔을 바깥으로 꺾어

284

서라도 추천하고 싶다. 이렇게 관절 내어주면서 추천하는 글은
생경할 것이다.

　내 진심이다.

— 장도연(방송인)

너의 안부

초판 1쇄 발행 2022년 12월 15일
초판 7쇄 발행 2023년 2월 6일

지은이 성현주
펴낸이 안지선

기획 윤혜자
편집 배수은
디자인 석윤이
일러스트 유천
교정 신정진
마케팅 최지연 이유리 김현지 안이슬
제작 투자 타인의취향
제작처 상식문화

펴낸곳 (주)몽스북
출판등록 2018년 10월 22일 제2018-000212호
주소 서울시 강남구 학동로4길15 724
이메일 monsbook33@gmail.com

ISBN 979-11-91401-64-6 03810

mons (주)몽스북은 생활 철학, 미식, 환경, 디
자인, 리빙 등 일상의 의미와 라이프스타일의 가치
를 담은 창작물을 소개합니다.